Livia

Ein fantastischer Märchen-Roman

Friedrich Hechelmann

Livia

Ein fantastischer Märchen-Roman

KNESEBECK

Inhalt

Erstes Kapitel

Die Prophezeiung

In einer Zeit, in der man sich am Abend noch lange Geschichten erzählte und niemand wusste, was ein Handy oder ein Laptop ist, in der Oma und Opa noch mit ihren Kindern und Enkeln in einer Großfamilie lebten und sich die Menschen noch mit Pferden fortbewegten, in solch einer Zeit, die zwar ganz anders, aber vermutlich nicht viel besser oder schlechter war als unsere, blühte ein großes, stolzes Land mit dem Namen Samarna.

Den Bewohnern Samarnas ging es gut. Sie waren lange von Kriegen und Hungersnöten verschont geblieben und lebten in Frieden und guten Handelsbeziehungen mit den meisten angrenzenden Ländern. Die Kultur trieb herrliche Blüten, das gesellschaftliche Leben pulsierte. Es gab große Häuser mit wunderbaren Gärten und beeindruckenden Brunnen, deren Wasser sich über hohe Fontänen in silberne Schalen und steinerne Becken ergoss. Die Fassaden der Stadthäuser waren prächtig verziert. Kein Gebäude glich dem anderen. Stolz ragten kunstvolle Giebel und hohe Türme in den Himmel. Sie erzählten von kreativen und fleißigen Bürgern. Jede Stadt war anders. Sie wetteiferten miteinander in Schönheit und Eigentümlichkeit, waren geprägt von jahrhundertealten Traditionen und schöpferischem Geist. Kunst, Musik, Wissenschaft, Architektur und alles andere, was man gemeinhin als Kultur bezeichnet, fand hier besten Nährboden.

Am östlichen Rand der strahlenden Hauptstadt Samarnas lag der Palast des Regenten. Dort lebte und herrschte Kaiser Pinus der Fünfte, Spross der siebten Dynastie, ein aufgeklärter, weiser Herrscher, dem das Wohl seines Volkes am Herzen lag. Pinus war erfüllt von tiefer Trauer. Erst wenige Wochen zuvor war nach kurzer, schwerer Krankheit seine geliebte Gemahlin verstorben. Einziger Trost in diesen Tagen waren ihm seine Söhne Aurel und Laurus, denen er all seine Zuwendung schenkte. Stets versorgte er sie mit spannenden Geschichten und kniffligen Aufgaben, um ihre Aufmerksamkeit vom Verlust der Mutter in die Gegenwart zu lenken. So gelang es ihm, den Söhnen den Schmerz erträglich zu machen.

Der Kaiser war ein großer Freund der Naturwissenschaften. Seine botanischen Sammlungen, darunter eine fast unermesslich große seltener und kostbarer Kakteen, fanden Bewunderer in der ganzen Welt. Aus allen Ländern reisten die Gelehrten an, um seine Gärten zu sehen. Viele Pflanzen wurden erst hier eingehend erforscht.

Kaiser Pinus der Fünfte war aber auch ein besonderer Liebhaber der Musik und der Literatur. Abends, wenn die Kinder mit fantasievollen Gutenachtgeschichten in den Schlaf gebracht und die Augen des Kaisers müde waren, ließ Pinus sich von seinem Vertrauten, dem Hofzwerg Roderich, aus den alten Büchern der kaiserlichen Bibliothek vorlesen. Viele der Werke waren jahrhundertealte, kunstvolle Handschriften mit herrlichen Verzierungen und Bildern von unschätzbarem Wert. Meist gab es nur ein einziges Exemplar eines Titels. Der Kaiser liebte seine Bibliothek. Sie war der größte Raum des gesamten Palastes und umfasste mehrere durch Treppen miteinander verbundene Stockwerke. Lange Galerien ermöglichten den Zugang zu den verschiedenen Abteilungen und Wissensgebieten. In diesem Labyrinth war Kaiser Pinus zu Hause, hier fühlte er sich wohl und erholte sich von den

Lasten der Tage und den zermürbenden Regierungsgeschäften. Während Roderich ihm vorlas, betrachtete Kaiser Pinus aufmerksam jedes Bild und die wunderbar verzierte Schrift, in der die Texte festgehalten worden waren. Oft wurden die Gestalten in den Geschichten vor seinen Augen lebendig. Intrigen und Versöhnungen, Feldzüge und Hochzeiten liefen klar in seiner Vorstellung ab. Manchmal war es dem Kaiser fast nicht möglich, Wirklichkeit und Erzähltes zu unterscheiden. Roderich las in getragenem Tonfall. Seine Stimme war tief, hatte einen vollen, warmen Klang und vermochte auf magische Weise, den Kaiser in den Strudel der Geschichten hineinzuziehen. Der Zwerg hatte großen Spaß an der Wirkung seiner Kunst und auch der Kaiser blickte der abendlichen Lesestunde stets voller Vorfreude entgegen und entlohnte den kleinen Mann großzügig für dessen Dienste.

Die älteste und kostbarste Handschrift der Bibliothek erzählte in langen, verschlungenen Versen von der Entstehung Samarnas. Reich bebildert waren darin die alten Mythen des Landes von Zwergen, Riesen und Elfen gesammelt. Wenn aus diesem Buch gelesen wurde, versammelte sich der gesamte Hofstaat, um gespannt den großen Dramen aus der Vorzeit zu lauschen.

Am Abend jedes hohen Feiertags zu Ehren der Vorväter Samarnas trug Roderich eine ganz besondere Erzählung vor, die Lieblingsgeschichte aller Kinder Samarnas. Darin wurde dem Land ein geheimnisvolles Ereignis prophezeit, auf das es bisher vergeblich gewartet hatte: An einem kalten Tag zu Beginn eines neuen Jahres werde ein Kindlein rätselhafter Herkunft gefunden. Das kleine Mädchen werde von einem zauberhaften Wesen begleitet und beschützt, das nie von seiner Seite weiche. Das geheimnisvolle Kind werde an einem ungewöhnlichen Ort heranwachsen und dem Land unverhofftes Glück bescheren. Doch dunkle Mächte trachteten ihm nach dem Leben. Aufgabe der Menschheit werde es sein, diese zu bekämpfen und das Kind zu behüten.

Jahr für Jahr lauschte die höfische Gesellschaft der Geschichte wie gebannt, man hätte eine Stecknadel fallen hören können. So wunderbar und hoffnungsvoll die Prophezeiung auch sein mochte, sie warf doch mehr Fragen auf, als sie beantwortete. Woher sollte das Kindlein kommen? Wer war es? Wie würde es seine Bestimmung erfüllen?

Eines Nachmittags saß Roderich, der Vorleser des Kaisers, auf dem Rand eines verwitterten Brunnens in einem entlegenen Teil des Schlossparks. Der Tag war warm und sonnig. Schmetterlinge tanzten, der Park grünte und blühte im schönsten Sommergewand.

Roderich saß weit in den dunklen Schacht des Brunnens hinabgebeugt. Er konnte sich kaum auf dem Rand halten. Hätte er das Gleichgewicht verloren und wäre in die Tiefe gestürzt, niemand hätte ihn je gefunden. Auf einem der schmalen Kieswege kam eine Dame auf den Brunnen zu. Die seltsam gekrümmte kleine Gestalt auf dem Brunnenrand hatte ihre Neugierde geweckt.

Als sie vor Roderich stand, fragte sie: »Was machen Sie denn da, Herr Zwerg? Das ist gefährlich!«

Roderich sah die dunkel gekleidete Dame entgeistert an und wischte sich mit dem Handrücken die Schweißperlen von der Stirn.

»Ich hatte mich hier hingesetzt, um mich in Ruhe auf die Lesung heute Abend vorzubereiten. Da ist mir das Buch, aus dem ich dem Kaiser vorlesen soll, in den Brunnenschacht gefallen. Es ist ein besonders wertvolles Buch, von dem es kein zweites Exemplar gibt. Was soll ich jetzt bloß tun?«

Das zarte Fräulein überlegte und antwortete schließlich: »Gleich hinter den Mauern des Parks, nicht weit von hier, wohne ich. Dort steht ein alter Turm, in dem sich vielleicht noch eine Strickleiter findet. Vielleicht gelingt es uns, das Buch zu bergen.«

Langsam wich die Verzweiflung aus dem Gesicht des Zwerges: »Einen Versuch ist es auf jeden Fall wert. Lassen Sie uns keine Zeit verlieren. Würde es gelingen, wäre ich Ihnen unendlich dankbar und stünde tief in Ihrer Schuld.«

Es war, wie das hilfsbereite Fräulein vermutet hatte. So schnell er konnte, schleppte Roderich die aufgerollte Strickleiter zum Brunnen. Geschickt befestigte er das Geflecht am Brunnenrand und ließ die Sprossen in die Tiefe. Als er sich anschickte, in den Schacht zu klettern, hielt die Dame ihn sanft am Ärmel zurück: »Geben Sie acht, Herr Zwerg, das ist eine gefährliche Angelegenheit! Sollte unsere Unternehmung gelingen, hätte ich dann wohl etwas gut bei Ihnen?«

Ohne zu zögern, bejahte Roderich: »Womit könnte ich Ihnen denn dienen?«

Das Fräulein senkte verschämt den Blick und antwortete dann: »Könnten Sie versuchen, bei unserem Kaiser eine Audienz für mich zu erwirken? Ich wünsche mir so sehr, unserem geliebten Herrscher ein einziges Mal in die Augen zu sehen.«

»Ich werde sehen, was ich tun kann«, antwortete der Zwerg. »Der Kaiser schätzt das schöne Geschlecht. Es wird sich sicher eine passende Gelegenheit für eine Begegnung finden.«

Die Bergung der kostbaren Schrift gelang und um die äußeren Spuren des Sturzes verschwinden zu lassen, band Roderich das Werk in feines Seidenpapier ein. Innen hatte das Buch zwar Flecken und Macken davongetragen, war aber noch gut lesbar. So hoffte Roderich, dass niemand von dem Vorfall erfahren würde. Am Abend nach dem Nachtmahl begann die Lesestunde. Der Kaiser saß entspannt in seinem bequemen, mit Damast bezogenen Sessel und lauschte aufmerksam. Nach einer Weile verfiel er in gleichmäßiges Schnarchen. Da wusste Roderich, dass seine Arbeit getan war. Er hatte den Kaiser in den Schlaf gelesen. Von den Schäden an der Handschrift hatte Pinus glücklicherweise nichts bemerkt.

Inzwischen begann der Sommer in allen Farben zu glühen. In seinem Lieblingswinkel des Parks auf dem Rand seines Lieblingsbrunnens saß Roderich und litt. Eine breite Binde war um seinen großen Kopf gewickelt. Um den Verband zu verbergen, trug der Zwerg darüber ein buntes Kopftuch. Es begann schon zu dämmern.

Hinter ein paar blühenden Rosenbüschen trat plötzlich das Fräulein hervor und fragte: »Was ist denn mit dem Herrn Zwerg passiert?«

»Ich heiße nicht ›Herr Zwerg‹! Hätten Sie einen langen Hals, würde ich Sie auch nicht ›Frau Langhals‹ nennen. Mein Name ist Roderich!«

»Oh, Verzeihung, Herr Roderich. Man ist heute wohl schlecht gelaunt«, sagte das Fräulein spöttisch.

»Quälende Zahnschmerzen machen schlechte Laune«, antwortete er.

In gespielter Sorge beugte sich die Schöne zu dem Zwerg hinunter und fragte: »Kann ich Ihnen denn irgendetwas Gutes tun?«

»Ich weiß nicht, wie ich heute Abend die Lesung überstehen soll. Ich bin von all den Schmerzpülverchen, die ich eingenommen habe, so müde, dass ich auf der Stelle einschlafen könnte. Und ausgerechnet heute beginnt die Lesestunde auch noch später als gewohnt. Der Kaiser hat seine Minister zu einer Sitzung einberufen. Die kann bis in die Abendstunden dauern.«

Sofort kam dem schönen Fräulein ein Gedanke: »Könnte ich Sie heute nicht ausnahmsweise vertreten?«

Roderich machte große Augen, schlug die Hände vors Gesicht und schüttelte heftig den Kopf. So etwas könne niemals ohne langfristige Vorankündigung geschehen, stammelte er.

Doch die Dame blieb hartnäckig und schlug vor: »Sie könnten mich in die kaiserlichen Gemächer mitnehmen. Dort warte ich. Dann gehen Sie zum Kaiser und teilen ihm mit, dass ich Sie heute Abend ersetzen müsse, weil Sie nicht lesen könnten, und bitten ihn, mich ihm vorstellen zu dürfen.«

Das Fräulein redete so lange auf Roderich ein, bis dieser schließlich nachgab: »Gut, lassen Sie es uns versuchen – auch wenn ich dabei kein gutes Gefühl habe.«

»Wer nicht wagt, kann nicht gewinnen«, beschwichtigte ihn das schöne Fräulein sogleich.

Das Fräulein wusste wohl, wie sie sich für diese Gelegenheit zu kleiden hatte. Die Dame erstrahlte in klassischer Schönheit, als sei sie eben dem Gemälde eines großen Meisters entstiegen. Sie erschien in einem eng anliegenden Gewand aus schwarzem Samt. Ihre zarte, makellose Haut schimmerte perlmuttern. Der weite Ausschnitt des Kleides gab den Blick auf wohlgeformte Schultern und einen Teil des Rückens frei. Die Säume waren mit kostbarer Spitze besetzt. Schmuck trug sie nicht, nichts sollte von ihrer natürlichen Schönheit ablenken. Wider Erwarten war der Kaiser denn auch hoch erfreut, die Dame zu sehen, hob sie sich doch äußerst angenehm von den wohlgenährten Zofen und Köchinnen und den gestrengen, hageren Erzieherinnen seiner Söhne ab. Solch reine Schönheit tat dem Auge gut. Und so willigte der Kaiser ohne Umschweife ein, sich an diesem Abend von dem Fräulein unterhalten zu lassen.

Zweites Kapitel

Eine unerwartete Wendung

Es kam anders als Roderich es sich gedacht hatte. Der schlimme Zahn wurde gezogen, die Schmerzen wichen, aber auch das Amt des Vorlesers am Hof von Kaiser Pinus dem Fünften hatte er verloren. Das dunkle Fräulein war an seine Stelle gerückt.

Die Dame war eine Gräfin aus verarmter Familie. Ihr Vater war früh verstorben, die Mutter war ihren mütterlichen Pflichten nicht gewachsen gewesen. Das Kind war zusehends verwahrlost und wurde schließlich der Obhut einer alten Tante unterstellt. Als auch diese starb, war die Gräfin bereits in früher Jugend sich selbst überlassen geblieben. Trotzdem wuchs sie zu einer ausnehmenden Schönheit heran – ein Umstand, der ihr gut bekommen sollte.

Die dunkle Gräfin verstand es, den Kaiser in ihren Bann zu ziehen. Schnell entdeckte die Dame auch die große Leidenschaft des Herrschers für Süßigkeiten und Konfekt, deren Verzehr ihm die Hofärzte strikt untersagt hatten, um seine Leibesfülle im Zaum zu halten. Die Gräfin schmuggelte nun regelmäßig die verschiedensten süßen Köstlichkeiten unter ihren Röcken in die kaiserlichen Gemächer. So dauerte es nicht lange, bis die Dame das Vertrauen des Kaisers gewonnen hatte. Schon bald suchte er Anlässe dafür, ihre Gesellschaft auch jenseits der abendlichen Lesungen zu genießen. Bei gemeinsamen Soupers wurden die Gespräche vertraulicher.

»Sagen Sie, Gräfin«, fragte so eines Abends der Kaiser, »wie trug es sich denn nur zu, dass Roderich Sie, eine mir völlig Fremde, zu seiner Vertretung ausgewählt hat, als er krank war? Sicher ist Ihnen bekannt, dass Fremden der Zutritt zu meinen Privatgemächern gewöhnlich nicht gewährt wird.«

Die Gräfin zuckte zusammen. Sie fühlte sich ertappt und beschloss, jeglichem Misstrauen des Kaisers sofort entschlossen entgegenzutreten.

»Der Hofzwerg hatte wirklich große Schmerzen. Von unserer ersten Begegnung an wusste er, dass er mir vertrauen kann.«

Die Gräfin machte eine wirkungsvolle Pause, die der Kaiser wie gewünscht nutzte, um nachzufragen. Nun erzählte die Gräfin die Geschichte von der wertvollen Handschrift im Brunnenschacht und wie sie dem Zwerg mit einer Strickleiter zu Hilfe gekommen war. Der König hatte wenig Verständnis für Roderichs Missgeschick. Die Beteiligung der Gräfin hingegen würdigte er als Akt großer Güte: »Es war wirklich außerordentlich hilfsbereit und liebenswürdig von Ihnen, dem Zwerg in seinem Leichtsinn den Hals zu retten«, sagte der Kaiser.

»Ach«, erwiderte die Gräfin listig, »es bereitete mir Vergnügen. Ist es nicht besser, anderen helfen zu können, als selbst Hilfe zu benötigen?«

Die Unterhaltung blieb nicht ohne Folgen. Der Kaiser schätzte es gar nicht, hinters Licht geführt zu werden, und so keimte in ihm ein tiefer Groll gegen den Hofzwerg Roderich. Um ihn zu strafen, gab er ihm eine neue Aufgabe: Fortan sollte Roderich die Strafgefangenen, die im kaiserlichen Kakteengarten die Kaktusfeigen zu ernten hatten, von einem Turm aus beaufsichtigen. Kleine Gauner und Halunken mussten das dicht bewachsene, unendlich große Opuntienlabyrinth des Palastes durchkämmen und auf dem Weg die stacheligen Früchte abpflücken. In großen Körben wurden die Kaktusfeigen dann in die Schlossküche getragen und zur Lieblingsmarmelade des Kaisers verarbeitet. Hatte sich einer der Missetäter im stacheligen Labyrinth verirrt, musste Roderich ihn bei Sonnenuntergang per Zuruf aus dem schmerzhaften Gefängnis herausleiten. Natürlich haderte der Zwerg mit seinem Schicksal und seiner Gutgläubigkeit, die ihn in diese missliche Lage gebracht hatte.

Die Gräfin ließ keine Gelegenheit ungenutzt verstreichen, ihre Stellung bei Hofe zu festigen. Sie trug dem Kaiser alles zu, was sie in höfischen Kreisen in Erfahrung bringen konnte. Kein Geheimnis blieb dem Kaiser verborgen. So erwarb sie sich das Vertrauen und die Wertschätzung des Herrschers, aber auch die unverhohlene Abneigung des restlichen

Hofstaats – ein Umstand, der ihr herzlich gleichgültig war. Schon bald gehörte sie zum engsten Kreis des Herrschers.

Als die Zeit der Trauer um die verstorbene Königin vergangen war, kehrte der Hof zum üblichen Zeremoniell mit seinen zahlreichen Bällen und Festen zurück. Der Kaiser war ein leidenschaftlicher Tänzer. Oft tanzte er mit der Gräfin, auch wenn der Anblick des ungleichen Tanzpaars Anlass zum Schmunzeln gab: Dick und behäbig, einem Tanzbären ähnlich, stapfte der Kaiser übers Parkett, die hoch gewachsene, schlanke Gräfin hingegen schwebte elegant, leicht und geschmeidig durch den Saal. Die Gräfin liebte Festivitäten, boten sie doch stets zahllose Gelegenheiten, um neue Kontakte zu knüpfen und Informationen zu sammeln.

Mit dem Tag, an dem die Gräfin in das Leben des Kaisers getreten war, schwand die väterliche Zuwendung für die Prinzen Laurus und Aurel. Deshalb behielten die Heranwachsenden die neue Freundin ihres Vaters argwöhnisch im Auge. Die Gräfin wusste, dass hier Vorsicht geboten war. Der Kaiser liebte seine Kinder über alles und hätte sich niemals gegen sie entschieden.

Prinz Laurus war ein stiller Charakter. Von frühester Kindheit an galt seine ganze Aufmerksamkeit der Musik. Er hatte eine wunderschöne Singstimme. Obendrein fiel es ihm leicht, sich auf den verschiedensten Saiteninstrumenten selbst zu begleiten. Zu festlichen Anlässen spielte er häufig im kaiserlichen Orchester. Die Liebe zur Musik machte ihn unabhängig. Er hatte keinen Bedarf an Zerstreuung durch große Gesellschaften und organisierte Spiele. Häufig drangen aus den entlegensten Ecken des Palastes wunderbare Saitenklänge und Gesänge. Dem Kaiser gefiel das sehr, war es doch nach dem plötzlichen Tod der Kaiserin lange Zeit sehr still im Schloss gewesen.

Über die Musik versuchte die Gräfin sich Zugang zu dem empfindsamen jungen Prinzen zu verschaffen. Sie ließ sich eine keltische Harfe anfertigen und nahm Stunden beim Hofharfenmeister. Mit viel Disziplin und Eifer griff sie in die Saiten, sodass es ihr bald gelang, einige Lieder fehlerfrei, wenn auch etwas hölzern zu spielen.

Bei geselligen Anlässen wurde sie nicht müde, über ihre neue Leidenschaft zu sprechen: »Ach, ich habe die Musik immer geliebt. Seit frühester Jugend bedaure ich nichts mehr, als

dass mir eine klangvolle Stimme versagt blieb. Diesen Mangel würde ich zu gern durch gutes Instrumentenspiel ausgleichen. Außerdem soll Musizieren so gut für die Seelenbildung sein. Sehen Sie sich doch nur unseren Prinzen Laurus an. Ist es nicht eine große Freude, wie wunderbar er sich entwickelt hat?« So redete die Gräfin, besonders, wenn Prinz Laurus sich in ihrer Nähe aufhielt.

Eines Tages schenkte der Kaiser seiner Vertrauten als Zeichen seiner Wertschätzung einen herrlichen Rappen. Das seidig schimmernde Pferd und die schwarz gewandete Reiterin ergänzten einander zu einem Bild von unwirklicher Schönheit. Jeden Nachmittag ließ die Gräfin das Pferd satteln und galoppierte durch den Park zur Kakteensammlung. Sie teilte die Begeisterung des Kaisers für die stacheligen Gesellen und sah sich ihre vielfältigen Gestalten und Formen gern vom Pferderücken aus an. Auf großen Feldern waren die verschiedensten Kakteenarten kunstvoll angeordnet, sodass sie durch ihre Farben und Größen kleinteilige Muster bildeten. Von oben betrachtet ließen die vielen tausend Pflanzen die Illusion eines prächtigen Riesenteppichs entstehen.

Als die Gräfin an diesem Nachmittag durch den Kakteengarten ritt, ertönte plötzlich ein lautes Niesen hinter den hohen Gewächsen. Das Pferd erschrak und bäumte sich auf, die Gräfin verlor die Kontrolle über ihr Tier, das sich immer wieder auf die Hinterläufe hob. Schließlich stürzte der mächtige Körper laut wiehernd seitwärts in ein Kakteenfeld und begrub ein Bein der Gräfin unter sich. Unzählige lange, harte Dornen bohrten sich ihr ins Fleisch. Sie verlor das Bewusstsein.

Stunden später wurde der Unfall entdeckt. Viele Helfer waren nötig, um Pferd und Reiterin aus ihrem Folterbett zu befreien. Das Unglückspferd musste getötet werden. Die Gräfin war lange nicht ansprechbar. Sie schwebte zwischen Leben und Tod. Der Leibarzt des Kaisers hatte viele Tage zu tun, um die tief unter die Haut eingedrungenen Stachel zu entfernen. Viele Stellen entzündeten sich, der Körper der Gräfin reagierte mit hohem Fieber. Das Bein war durch das Gewicht des Pferdes zertrümmert worden und würde wohl nie wieder ganz verheilen.

Drittes Kapitel

Beharrlichkeit führt zum Ziel

Mit seinen 16 Jahren war Kronprinz Aurel zwei Jahre älter als sein Bruder Laurus. Seine Interessen lagen eher in den verschiedensten Gebieten der Naturwissenschaften. Musisches war für ihn nur lästiger Bestandteil des höfischen Bildungskanons. Sein Privatlehrer unterrichtete den aufmerksamen Schüler unter anderem in den geheimen Lehren der Alchemie und den Geheimnissen des Feuers. In einem entlegenen Gartenhaus im Park hatten die beiden eine Versuchswerkstatt eingerichtet, in der sie viel Zeit mit Experimentieren zubrachten. So oft sie konnte, gesellte sich die Gräfin zu ihnen. Es war ihr gelungen, die Aufmerksamkeit des Prinzen über vermeintlich gemeinsame Leidenschaften auf sich zu lenken. Geschickt vertrat sie den Lehrer des Prinzen, der oft verhindert war, so half sie Aurel bei Hausaufgaben und Experimenten. Gelegentlich war aus dem Gartenhaus lautes Knallen zu hören. Man dachte an eine Jagdgesellschaft, doch das Donnern wurde durch spektakuläre Versuche im Gartenhaus verursacht. Die Gräfin hatte einen rationalen Verstand. Sie konnte die Zusammenhänge von Ursachen und Wirkungen klar verständlich darlegen. Aurel genoss ihre Gesellschaft und auch der Kaiser sah die beiden gern zusammen. Das dunkle Fräulein hatte Kaiser und Kronprinz durch ihre Beharrlichkeit von sich überzeugt.

Der Reitunfall hatte unauslöschliche Spuren im Leben der Gräfin hinterlassen. Nie mehr würde sie in den Armen des Kaisers über das Tanzparkett gleiten können. Trotz ihrer Jugend erweckte sie den Eindruck von Alter und Gebrechlichkeit. Während Aurel das bedauerte, bewirkte die Veränderung der Gräfin bei Laurus Erleichterung, hatte er doch befürchtet, die Dame könne eines Tages den Platz der verstorbenen Mutter einnehmen. Doch auch wenn er der Gräfin wenig Zuneigung entgegenbrachte, musste er doch einräumen, dass die Lebensfreude seines Vaters durch sie wieder deutlich zugenommen hatte. Deshalb nahm er den stetig wachsenden Einfluss der Gräfin stillschweigend hin. Aber die Gräfin gab nicht auf, auch um Laurus' Wohlwollen zu buhlen. An warmen Sommertagen setzte sie sich mit ihrer Harfe in den Park und spielte.

Eines Tages, als Laurus wieder einmal vorüberging, fragte sie ihn in sanft säuselndem Ton: »Mein Prinz, wäre es nicht schön, zu einem der nächsten Feste gemeinsam ein Stück unseres Hofharfenmeisters darzubieten?«

Freundlich, aber bestimmt erwiderte Laurus nur: »Gräfin, wir spielen nicht in derselben Tonart.«

Roderich hatte die Anstrengungen der Gräfin, ihren Einfluss am Hof auszuweiten, beobachtet. Als er eines Tages bei seiner Arbeit im Kakteengarten Prinz Laurus begegnete, beschloss er, dem Knaben seine Bedenken anzuvertrauen, und erzählte ihm seine Geschichte. Das Gehörte bestätigte die Befürchtungen des Prinzen.

»Den Verlust meiner Stelle als Vorleser bedaure ich nicht«, schloss der Zwerg seinen Bericht. »Ich liebe die Vielfalt der Pflanzenwelt und werde die Gelegenheit nutzen, um so viel wie möglich über die Botanik zu lernen. Vor allem möchte ich die Wirkung von Heilpflanzen, Pilzen und Wurzeln gründlich erforschen.«

»Mit diesem Eifer wirst du bald ein geschätzter Gelehrter sein. Du wirst Arzneien zubereiten und den Menschen helfen können«, ermutigte ihn Laurus.

Inzwischen hatte die Gräfin ihre Bemühungen gänzlich auf Prinz Aurel verlegt und suchte ihn zu beeinflussen, wann immer sie konnte. Er war weit weniger sensibel als sein Bruder und bemerkte Aufdringlichkeiten und gelegentliche Übergriffe kaum.

»Eure Hoheit, lasst uns den Zwängen des Hofes entfliehen und unseren Horizont erweitern«, schlug die Dame ihm eines Tages vor. »In der Stadt ist einmal die Woche Markt. Händler von nah und fern bieten dort ihre Waren feil. Wir könnten uns unter das gemeine Volk mischen.«

Die Aussicht auf ein wenig Abwechslung vom täglichen Einerlei begeisterte Aurel. Er bezweifelte aber, den Palastbereich verlassen zu dürfen.

Die Gräfin beschwichtigte ihn: »Ich weiß. Deshalb sollte der Plan auch unser Geheimnis bleiben. Ich habe bereits Vorkehrungen getroffen.«

Die Gräfin öffnete einen Schrank im Gartenhaus. Darin hing einfache Arbeitskleidung aller Art.

»Diese Kleidungsstücke werden wir anziehen und uns breitkrempige Hüte aufsetzen. Dann wird uns niemand erkennen. Mein Nachbar wird uns seinen Esel leihen. Hinter dem können wir uns notfalls verbergen. Außerdem kann ich mich an ihm festhalten, um mein Hinken zu mildern. Wir werden gewiss großen Spaß haben.«

Aurel war ganz aufgeregt. Noch nie war er ein solches Wagnis eingegangen, nie hatte er ein Abenteuer erlebt. Er würde ausbrechen aus der starren, künstlichen Welt des Hofes, ungehorsam sein, seine Ketten sprengen!

Viertes Kapitel

Ein verbotener Ausflug

Wenige Tage später machten sich Prinz Aurel und die Gräfin bis zur Unkenntlichkeit verkleidet im Morgengrauen auf den Weg. Die größte Gefahr stellte der Haushaltstrakt dar. Dort war das Personal schon seit Stunden bei der Arbeit, Küchenmädchen und Dienstboten konnten Aurel und die Gräfin bemerken. Aber keiner nahm Notiz von dem einfach gekleideten Paar. Vor den Stallungen wartete bereits der Nachbar mit dem Esel. Sie gelangten unerkannt durch ein Seitentor der Palastanlage hinaus. Auf der Straße waren bereits viele Händler unterwegs zum Markt, um dort ihre Waren feilzubieten. Die beiden mischten sich unter die Menge, ohne Aufsehen zu erregen.

Auf dem großen Platz im Herzen der Hauptstadt waren viele große und kleine Zelte und Stände aufgebaut. Im Schatten großer Tücher wurde an Marktständen gehandelt und gefeilscht. Es gab nichts, das nicht angeboten wurde. Dazwischen warben Schausteller wetteifernd um die Aufmerksamkeit der Vorübergehenden. Auf Holzpodesten wurde gezaubert, jongliert und getanzt. Schlangenbeschwörer und Märchenerzähler scharten Trauben von Besuchern um sich. Moritatensänger sangen von Mord und Totschlag und illustrierten ihre Lieder mit schrecklichen Bildern. Das war wahres, pulsierendes Leben, wie es

Prinz Aurel noch nie gesehen hatte. Mit großen Augen lief er neben der Gräfin und dem Esel durch die Gassen.

»Schnell, verbergt Euch hinter dem Esel!«, zischte plötzlich die Gräfin und senkte den Kopf. »Seht Ihr dort drüben bei dem Schlangenbeschwörer? Eine gackernde Schar von Köchinnen aus der Schlossküche. Sie dürfen uns nicht erkennen, sonst war dies unser letzter Besuch in der richtigen Welt.«

Durch den Esel vor den Blicken der Köchinnen geschützt, schoben sich die beiden weiter durch das dichte Gedränge.

Von allen Seiten strömten Menschen heran und verschmolzen zu einem einzigen Pfeifen, Schreien und Summen. Neben einem Stand mit herrlichen frischen Blumen und bunten Kränzen wurden Kräuter und Gewürze verkauft. Hier standen viele große und kleine Körbe mit getrockneten Pflanzen aller Arten und Farben. Ihr Duft raubte einem fast die Sinne, selbst ein Blinder hätte sofort gewusst, was es dort gab. Als die Gräfin an dem Stand vorüberging, spürte sie plötzlich, wie sich etwas um ihren Fußknöchel legte. Sie zuckte zusammen und blickte nach unten auf ein unheimliches Bild: Ein kleines, altes Weib kauerte am Boden, ihr Kopftuch beschattete ein unkenntliches Gesicht. Die Alte hatte mit knöchrigen Fingern nach dem Bein der Gräfin gegriffen und murmelte vor sich hin.

»Ach, ach, großer Schmerz. Schlimmes Weh!«, wisperte es.

Als es mit den Händen die Stelle erreichte, an denen die Schenkelknochen der Gräfin zertrümmert worden waren, schien der Schmerz plötzlich zu weichen.

»Ich habe eine Salbe, die helfen kann«, fuhr die Alte fort. »Regelmäßig aufgetragen wird sie die Schmerzen schwinden lassen.«

Noch ganz betäubt von der plötzlichen Linderung, die die Berührung der Kräuterhexe ihr verschafft hatte, war die Gräfin bereit, einen stolzen Preis für die Salbe zu bezahlen. Sie gab dem Weiblein ein Beutelchen voller Golddukaten und erhielt dafür die Wunderarznei.

Der geheime Marktbesuch von Prinz und Gräfin blieb unbemerkt, aber nicht ohne Folgen. Die Salbe zeigte geradezu zauberhafte Wirkung. Die andauernden, unerträglichen Schmerzen der Gräfin wichen. Sie konnte das Bein wieder belasten und es dauerte nicht lange, bis sich die Muskulatur wieder aufgebaut hatte. Bald konnte sie ohne Stock gehen. Natürlich entging dem Hofstaat die unerwartete Heilung nicht. Doch selbst auf direkte Nachfrage des Kaisers gab die Dame das Geheimnis des Marktausflugs nicht preis – ein Umstand, der die Bindung zwischen ihr und Prinz Aurel noch vertiefte.

Aber der Ausflug auf den Markt und die darauf folgende Linderung ihres Leidens zog noch weitere, weniger erfreuliche Wendungen nach sich. Die Gräfin veränderte sich auf seltsame Weise. Der erste Vollmond seit der Behandlung ihres Leidens mit der Wundersalbe bescherte ihr eine unruhige Nacht: Auf den obersten Dachfirsten des Schlosses wurde im blauen Licht des Mondes eine weiße Gestalt in flatterndem Gewand entdeckt. Mit ausgebreiteten Armen setzte sie geschickt einen Fuß vor den anderen und begann schließlich, flink von Dach zu Dach zu springen. Fast schwerelos, geisterhaft bewegte sich die Gräfin. Es schien, als fliehe sie vor ihrem eigenen langen, dunklen Schatten. Immer schneller wurden ihre Sprünge. Als die Wachen auf dem Turm die weiße Erscheinung entdeckten, schossen sie donnernd in die Luft. Die Nachtwandlerin erschrak und stürzte in die Tiefe. Der Wassergraben, in dem die großen Karpfen für Karfreitag schwammen, rettete die Gräfin vor schlimmem Schaden. Das kalte Wasser weckte sie auf. Sie war völlig benommen und konnte sich nicht an den Vorfall erinnern. Mit langen Stangen fischten die Wachen sie aus dem trüben Morast.

Fünftes Kapitel

Ein sonderbares Leiden

Nach ihrem nächtlichen Abenteuer verbrachte die Gräfin mehrere Tage den Großteil ihrer Zeit mit Baden. Sie wusch sich, sie schrubbte sich, sie parfümierte sich immer wieder von Kopf bis Fuß, aber kein Mittel schien wirkungsvoll, den modrigen Geruch des Karpfenteichs loszuwerden. Die Dame war der festen Überzeugung, unerträglich zu stinken, auch wenn außer ihr niemand diesen Geruch wahrzunehmen schien, ließ sie sich nicht vom Gegenteil überzeugen.

Im Laufe der folgenden Monate schien der fischig-modrige Gestank zwar nachzulassen, dafür traten andere, nicht minder durchdringende Gerüche an seine Stelle: Jeder Küchendunst bahnte sich unweigerlich in ungefilterter Stärke durch lange Korridore seinen Weg zu ihren Gemächern und in ihre Nase. Um den unangenehmen Ausdünstungen aus dem Weg zu gehen, bemühte sie sich, andere Menschen zu meiden. Einzige Ausnahme waren der Kaiser und Prinz Aurel. Bewegte sie sich durch den Palast, presste sie stets ein Spitzentaschentuch an die Nase.

Wie durch Zauber konnte die Gräfin mit einem Mal riechen, wer sich Stunden vor ihr in einem Raum aufgehalten hatte, wusste, wer auf dem gleichen Weg durch den Park gewandelt war. Selbst gegen den Wind schlug ihr der Duft der blühenden Kakteenfelder in unerträglicher Süße entgegen. Sie wusste, welchen Pollen eine vorbeifliegende Biene bei sich trug, ob von Birn- oder Apfelbäumen. Sie roch das Gras, das vor der Hauptstadt abgemäht worden war, und wann das Heu eingefahren werden konnte. Wie ein Mantel umhüllte sie im Herbst der Geruch des modernden Laubs und im Winter verriet ihr ihre Nase, wann sich Regen in Schnee verwandeln würde. Kein Geruch war zu zart, um ihrer Nase verborgen zu bleiben.

Die Gräfin ließ alles aus ihrer Umgebung entfernen, das sich durch einen besonderen Duft auszeichnete. Blumen, Früchte, Tiere, Menschen – im Grunde konnte sie nichts Lebendes um sich haben. Natur blieb ihr nur erträglich, wenn sie von Eis und Schnee überzogen war. Litt sie unter einer geheimnisvollen Krankheit oder hatte etwas anderes die extreme Schärfung ihres Geruchssinns bewirkt? Sie konnte es sich nicht erklären, behielt ihren Zustand aber für sich. Sie sprach mit niemandem darüber und zog sich zusehends zurück. Dem Kaiser beschrieb sie ihr Leiden als schweren allergischen Schnupfen, dessen Ursache noch unbekannt sei. Selbst ihren Pflichten als kaiserliche Vorleserin kam sie schließlich immer seltener nach, sodass Roderich in sein altes Amt zurückbeordert wurde.

Je weiter sich das Leiden der Gräfin auswuchs, desto häufiger zog es sie in höhere, kältere Regionen im Norden des Landes. Dort hatten die Gerüche eine geringere Intensität als im Flachland. Sie reiste mit einer Heerschar von Dienern, die sich wegen ihres Geruchs aber stets in großem Abstand halten mussten. Die Dauer der Reisen nahm von Mal zu Mal zu, außerdem führten sie immer höher ins Gebirge. Um selbst in der kargen Berglandschaft angemessen wohnen zu können, wurden stets große Mengen an Ausrüstung mitgeführt.

Die Jahre gingen ins Land. Die Prinzen wuchsen zu bemerkenswerten jungen Männern heran, sie waren der ganze Stolz ihres Vaters. Mit der Zeit verhärteten sich die Gesichtszüge der Gräfin zusehends, ihre Nase wurde unter der stetigen Belastung kantiger. Ihre jugendliche Anmut und Schönheit verblassten. Der Sinnesschärfung war eine Appetitlosigkeit gefolgt, die die Gräfin zu einer knochigen, verhärmten Gestalt hatte abmagern lassen. Der Kaiser und Prinz Aurel schenkten dieser allmählichen Veränderung wenig Beachtung. Die Gräfin war ihnen zu einer teuren Freundin geworden, deren Gesellschaft und Rat für sie wichtiger waren als ihre Erscheinung. Prinz Laurus hingegen hörte nicht auf, die Gräfin misstrauisch zu beäugen und über ihre Veränderung nachzudenken.

Fünftes Kapitel

Eines Abends, als Roderich mit einer sorgfältig ausgewählten Handschrift auf dem Schoß vor den Gemächern des Kaisers auf Einlass wartete, setzte sich Prinz Laurus zu ihm. Die beiden begannen zu plaudern und kamen schließlich auch auf die Gräfin zu sprechen. »Sag, Roderich, kannst du dir die wundersame Heilung der Gräfin erklären?«

Zu Laurus' Überraschung lief Roderich rot an. Er schien mehr zu wissen als erwartet. Also versuchte Laurus, den Zwerg zum Reden zu bewegen: »Was ist denn, Roderich? Erzähl schon! Ich werde auch niemandem ein Sterbenswörtchen sagen, das verspreche ich dir.« Roderich zögerte zunächst, begann dann aber wirklich zu erzählen: Wie er eifrig die Heilwirkung der Pflanzen erst studiert und später in Form von selbst hergestellten Salben und Tinkturen erprobt hatte und wie er eines Tages damit angefangen hatte, seine Arzneien heimlich, als altes Kräuterweiblein verkleidet, auf dem wöchentlichen Markt anzubieten, um sich ein Zubrot für schlechte Zeiten zu verdienen.

»Als Kräuterweiblein?«, fragte Prinz Laurus erstaunt und konnte sich ein Kichern nicht verkneifen.

»Ja, als Kräuterweiblein«, bestätigte Roderich. »Ein Rock aus grobem Leinen, ein großes Tuch um Kopf und Schultern gelegt und weit ins Gesicht gezogen – schon war ich ein altes Weib. Und gar kein so hässliches,« fügte er lachend hinzu. »Ich lud meine Salben und Kräuter auf einen Karren, schob sie in die Stadt und setzte mich mit meiner Ware zwischen die anderen Händler. Das Geschäft lief nicht schlecht! Eines Tages – ich traute meinen Augen kaum – entdeckte ich Prinz Aurel und die Gräfin in der Menge. Die beiden hatten sich als einfache Leute verkleidet und aus dem Palast geschlichen. Da ich tief unten auf einem niedrigen Schemel saß, konnte ich einen Blick auf das vernarbte Bein der Gräfin werfen. Ohne nachzudenken, habe ich zugepackt und ihr mit einer ganz besonderen Salbe, die ich gerade erst zusammengerührt hatte, Linderung verschafft. Natürlich habe ich ihr das Mittel nicht geschenkt. Sie musste gut dafür bezahlen – und tut das auch heute noch, wenn sie ein paar Mal im Jahr auf dem Markt an meinen Stand kommt. Die Arznei leistet ihr auch gute Dienste. Leider hat sie eine starke Nebenwirkung. Aber davon wusste ich damals noch nichts.«

Nun wollte es Prinz Laurus ganz genau wissen.

»Mein Prinz, vielleicht ist Euch schon aufgefallen, dass die Gräfin seit ihrer Genesung von einem ständigen Schnupfen geplagt wird. Wenn mich nicht alles täuscht, ist dieser eine Auswirkung meines Mittels und geht mit einem übersteigerten Geruchsempfinden einher.«

»Hättest du ihr die Salbe auch verabreicht, wenn du von der Nebenwirkung gewusst hättest?«, fragte der Prinz nachdenklich.

Roderich überlegte lange und antwortete dann: »Das ist eine schwierige Frage. Wie Ihr wisst, schätze ich diese Person nicht sonderlich. Sie ist durchtrieben, kalt und herzlos. Ich kann es Euch nicht mit Gewissheit sagen. Eigentlich bemühe ich mich stets, Böses nicht mit Bösem zu vergelten. Ich vertraue darauf, dass die meisten Missetäter eines Tages ihre gerechte Strafe ereilt. Vielleicht ist die Nebenwirkung bereits Teil dieser Gerechtigkeit.«

Sechstes Kapitel

Geschichten aus dem Norden

Die Stimmung am kaiserlichen Hof war gedrückt. Späher, die man an die nördlichen Grenzen Samarnas entsandt hatte, berichteten bei ihrer Rückkehr von besorgniserregenden Vorgängen. Die unbesiedelte Wildnis im äußersten Norden des Reiches diente als natürlicher Schutzwall gegen unwillkommene Eindringlinge. Nun schienen sich jenseits dieser Grenze feindliche Volksstämme zu einer starken Macht zusammenzuschließen, um ihren Lebensraum in den wirtlicheren, fruchtbaren Süden auszudehnen.

In Samarna kursierten allerlei Geschichten und Sagen um die Völker aus dem Norden. Man erzählte sich, sie hätten keine Kultur, wären grausam und barbarisch. Ihre Gesichter seien von einer fliehenden Stirn und kräftigen Kieferknochen geprägt. Ihre schlimmste Waffe sei ein übergroßes Gebiss. Am ganzen Körper seien die Nordleute so dicht behaart, dass sie fast keine Bekleidung benötigten. Ihr charakteristischstes Merkmal, so wurde erzählt, sei jedoch ihre extreme Größe. In alten Schriften war von regelrechten Riesen die Rede.

Aus Furcht vor diesen unbekannten, Grauen erregenden Nachbarn hatte vor langer Zeit ein Kaiser von Samarna seinem Volk per Gesetz untersagt, diesen Wilden zu nahe zu kommen.

Seit jeher hatte es aber auch mächtige Kaufleute und profitsüchtige Adlige gegeben, die sich über dieses Verbot hinwegsetzten, um den ungebildeten Nordvölkern allerlei Tand im Tausch gegen wertvolle Pelze, Walrosszähne und geheimnisvolle Zaubermittel anzubieten. So war mit der Zeit entlang der nördlichen Grenze Samarnas ein florierender Schwarzhandel entstanden, der viele mächtige Familien des Landes noch mächtiger machte.

Eine der einflussreichsten Familien des Nordens war die des Grafen von Sinklau. Dieser war dem Kaiserhaus treu ergeben und ein geschätzter Ratgeber am Hofe des Kaisers Agnus des Zweiten gewesen. Der Graf hatte zwei wohlgeratene Kinder, einen Sohn und eine Tochter, die er von Herzen liebte. Als die Tochter zu einer wunderschönen jungen Frau herangewachsen war, erfasste den Kaiser ein großes Verlangen. Da er schon verheiratet war, beschloss er, die Grafentochter als seine Mätresse an den Hof zu holen. Das lehnte das sittsame Mädchen natürlich ab und wurde von ihrem Vater, der nur das Beste für seine Tochter wollte, in ihrem Entschluss bestärkt. Der Kaiser, der nicht an Widerspruch gewöhnt war, war zutiefst gekränkt. Er sann auf Rache und ließ in einer geheimen Nachtaktion im Nebengebäude des gräflichen Schlosses große Mengen an Pelzen, Walrosszähnen und Zaubermitteln deponieren. Am folgenden Tag entsandte er die kaiserliche Garde zum Sitz des Grafen, die das Lager verbotener Handelswaren entdeckte. So wurde der Graf, der sich nie etwas hatte zu Schulden kommen lassen, als Straftäter verurteilt, in den Kerker geworfen und drei Tage später hingerichtet. Die schöne Tochter war in derselben Nacht, in der das Schmuggelgut ins Grafenschloss geschafft worden war, verschwunden. Niemand hörte je wieder von ihr. Die Gräfin von Sinklau und ihr Sohn wurden von ihrem Land vertrieben. Doch bevor die Gräfin dem Schloss für immer den Rücken zukehrte, stieg sie mit einem kristallenen Pokal, den der Graf einst von Kaiser Agnus als Zeichen seiner Anerkennung bekommen hatte, auf den höchsten Turm der Anlage. Dort goss sie Wein in den Pokal, leerte ihn in einem Zug und rief mit donnernder, weit übers Land zu hörender Stimme:

»Bei allem, was mir heilig ist, schwöre ich, den Mord am Vater meiner Kinder zu rächen. Nicht eher werden ich und die meinen ruhen, bis das Kaiserreich von Samarna in Scherben liegt, wie dieser Pokal.« Mit diesen Worten schleuderte die Gräfin den Pokal in die Tiefe, wo er in tausend Stücke zersprang.

Von diesem Tag an lebten die Sinklaus und ihre Nachfahren unerkannt und ohne Besitz in den verschiedensten Winkeln Samarnas. Die Gräfin, die ein Jahrhundert zuvor in ihrem

Schmerz das Land verflucht hatte, war die Urgroßmutter der dunklen Gräfin am Hofe des Kaisers Pinus gewesen. Im Volk des Kaiserreichs war die Geschichte längst vergessen. Im Herzen der Gräfin jedoch schwelten Hass und Racheversprechen weiter.

Im Hochsommer zog es die Gräfin wieder hinauf in den Norden. Der Kaiser ließ sie schweren Herzens gehen, schienen doch die großen Schneefelder ihrem Leiden Linderung zu verschaffen. Doch die Reisen der Gräfin hatten noch andere Motive: An der verbotenen Grenze traf sie sich mit den großen Schamanen der nördlichen Völker, erlernte deren Sprache und Bräuche. Sie studierte deren Beschwörungsrituale und Zauberformeln. Die Gräfin wusste, dass Eisgeister, Irrlichter und Millionen anderer geheimnisvoller Dinge zwischen Erde und Himmel existierten. Sie hatte begriffen, dass alles untrennbar miteinander verbunden war, und eignete sich uraltes Wissen an, das in höher entwickelten Zivilisationen vor langer Zeit vergessen worden war.

Siebtes Kapitel

Ereignisse am Kaiserhof

Der Winter hielt Einzug in die Kaiserstadt und die Gräfin kam zurück. Der Kaiser und Prinz Aurel freuten sich über ihre Rückkehr. Prinz Laurus hingegen ergriff stets ein Gefühl der Beklemmung, wenn die Dame im Palast weilte. Um dagegen anzukämpfen, spielte er oft bis spät in die Nacht in seinem Gemach auf seiner Harfe. Als er nun eines Nachts am offenen Fenster in die Saiten griff, erblickte er im obersten Stockwerk des gegenüberliegenden Gebäudeflügels eine schmale Gestalt im erleuchteten Fenster der Gräfin. Das Fenster öffnete sich und mit schlafwandlerischer Sicherheit stieg eine Frau heraus. Es war die Gräfin, kein Zweifel. Für einen Augenblick schien sie Prinz Laurus geradewegs anzusehen, dann begann sie, sich am Gesims entlang zu bewegen. Der Prinz erschrak. Ein falscher Schritt und die Gräfin würde in die Tiefe stürzen. Prinz Laurus überlegte nicht lange. Er sprang auf und rannte, so schnell er konnte, durch die langen Korridore zum Gemach der Gräfin. Dort kletterte auch er durch das geöffnete Fenster auf das Sims an der Fassade. Er versuchte, die Gräfin zu fassen, bevor sie sich zu weit entfernt hätte. Er hielt sich mit einer Hand an einem eisernen Fensterbeschlag neben dem Fenster fest, presste den Körper an die Fassade und streckte den anderen Arm der Gräfin entgegen.

Im blauen Licht des Mondes war alles klar zu sehen. Tief unten auf dem blanken Eis des zugefrorenen Wassergrabens spiegelte sich der Mondschein.

Plötzlich drehte sich die Dame um, sah den Prinzen aus unheimlich funkelnden Augen an und wisperte: »Kommt mit mir, mein Prinz, zusammen können wir alles erreichen! In meinem Reich kann ich Euch jeden Wunsch erfüllen. Kommt mit in eine andere Welt, die nur uns beiden gehört! Dort werden wir leben und herrschen in ewigem Glück.«

Dem Prinz lief ein kalter Schauder über den Rücken. Er wusste zwar von der schlafwandlerischen Neigung der Gräfin, doch dieses Gespräch erschien ihm sehr sonderbar. Ein eisiger Hauch durchdrang seine Glieder, er fror und zitterte. Schneeflocken peitschten ihm ins Gesicht. Da erfasste die Nachtwandlerin mit kaltem, festem Griff sein Handgelenk. Es fühlte sich an, als hätte ihn der Tod gepackt.

»Ich will Euch ganz allein für mich!«, fauchte die gespenstische Gräfin.

Prinz Laurus wusste, dass er in der Falle saß. Sein Leben war in Gefahr. Die Gräfin schien zu allem bereit. Er nahm all seinen Mut zusammen.

»Lassen Sie mich sofort los, Gräfin!«, rief er bestimmt. »Nie im Leben werden wir zusammengehören. Lassen Sie uns umkehren und vergessen, was geschehen ist.«

Die Augen der Gräfin blitzten böse auf. Mit bebender Stimme sprach sie:

»Vergessen? Nein! Ich habe nichts zu verlieren. Meine Zeit ist um. Meine Jugend ist verflogen und meine Zukunft liegt in Dunkelheit. Liebe wurde mir nie zuteil. Das Leben war nicht gerecht zu mir, dafür sollst du nun büßen.«

Mit diesen Worten stieß sie den wehrlosen Prinzen vom Gesims.

Es war ein kalter, langer Weg hinunter. In tausend Bildern rauschte sein Leben an Laurus vorüber. Nie war er wacher, nie dem Leben stärker zugewandt gewesen. Für einen Augenblick schien er die Gegenwart seiner Mutter zu spüren, er fühlte sich warm und geborgen. Türen öffneten sich und ließen ihn in eine andere, lichtvolle Wirklichkeit blicken. Seltsam gelassen wurde dem Prinzen klar, dass er dem Tod entgegenstürzte. Schon war die steinharte Eisdecke ganz nah. Laurus schwanden die Sinne. Es geschah etwas Unglaubliches: Der Körper des Prinzen durchschlug mit Wucht das dicke Eis des Burggrabens und tauchte ins kalte Wasser ab.

Scheinheilig hatte die Gräfin inzwischen die Wachen alarmiert. Von ihrem Fenster aus habe sie beobachtet, wie Prinz Laurus aus unerfindlichen Gründen aus dem Fenster seines Gemachs gestürzt sei. Der junge Mann wurde bewusstlos aus dem Eiswasser geborgen. Seine Rettung, so hieß es, verdanke er dem schnellen Eingreifen der Gräfin.

Viele Wochen erlangte Prinz Laurus das Bewusstsein nicht wieder. Als er schließlich sein Bewusstsein erlangte, konnte er weder laufen noch sprechen. Außerdem schien ein Teil seiner Erinnerung ausgelöscht worden zu sein. Der Prinz wusste nicht mehr, was geschehen war. Die Gräfin war erleichtert. Denn sie war sich sicher, dass die Wahrheit wohl nie ans Tageslicht kommen würde. Das Taschentuch stets fest an die Nase gedrückt, spielte sie die Mitfühlende, und wurde nicht müde, ihr Bedauern über Laurus kundzutun. Gewissensbisse waren ihr fremd.

»Prinz Laurus ist doch selbst schuld«, sagte sie sich. »Hätte er getan, was ich wollte, wäre ihm nichts geschehen.«

Prinz Aurel und sein Vater wichen kaum von Laurus' Krankenlager. Es war still geworden im Schloss. Kein Gesang, kein Harfenspiel erfüllte die langen Gänge. Die Gräfin hielt sich mit ihrer Anteilnahme zurück. Die Sorge um den geliebten Sohn und die unerklärlichen Ereignisse in der Unglücksnacht hatten ein unbestimmtes Misstrauen gegenüber der Gräfin ins Herz des Kaisers gesät. Die Gräfin spürte dies. Obendrein war sie beunruhigt, ob nicht vielleicht doch jemand Zeuge des Sturzes geworden war.

Wie üblich hegte Prinz Aurel keinen Argwohn. Schließlich hatte die Dame durch ihr beherztes Eingreifen seinem Bruder das Leben gerettet. Und so konnte die Gräfin die Wintermonate ohne Bedenken nutzen, um ihre Bindung zu Aurel weiter zu vertiefen. Viel Zeit verbrachten die beiden im Gartenhaus bei gefährlichen Experimenten mit Schwarzpulver und anderen Zusätzen. Sie hatten beschlossen, anlässlich der fortschreitenden Genesung des Prinzen Laurus ein Feuerwerk zu veranstalten. Die Vorbereitungen für das festliche Ereignis waren in vollem Gange. Überall im Park sollten feuerspeiende Drachen und Ungeheuer aufgebaut werden. Die Seeungeheuer in den großen Brunnen rund um den Kakteengarten sollten an diesem Abend kein Wasser speien, sondern feurige Glut in den Himmel schleudern. Aurel und die Gräfin waren zu wahren Meistern im Umgang mit dem gezähmten Feuer geworden.

Der festliche Abend kam. Die Hofgesellschaft hatte sich in kostbaren Roben im Park versammelt. Girlanden und Blüten erstrahlten im Licht der Fackeln. Zwischen kunstvoll zurechtgestutzten Büschen thronte der Kaiser auf seinem Vorlesesessel. Begleitet von Trommelwirbeln und Fanfarenstößen zauberten Kanonen die ersten Feuergestalten über den Park. Für kurze Zeit funkelte die Anlage in mildem, warmem Licht. Die Stimmung war herrlich, erwartungsvoll.

Dann sprühten Millionen Funken aus den Mäulern der Wasserspeier, die Brunnen quollen über von flüssigem Gold. Zauberhände malten kleine, leuchtende Wesen in den dunklen Himmel, weit oben begannen sie plötzlich zu explodieren. Leuchtende Sterne sprangen aus berstenden Röhren hervor und verwandelten die Dunkelheit in Licht. Dann brach die Nacht herein, nur um gleich darauf erneut von gleißenden Lichtern vertrieben zu werden.

Aus dem Gartenhaus war plötzlich lautes, unheilvolles Zischen zu hören, gefolgt von einem schrillen Pfeifen. Mit einem Donnerschlag, als käme er aus zehn Kanonen, flog dann das Gartenhaus in die Luft. Trümmer schossen umher. Ein Feuerball verschaffte sich Raum. Die Druckwelle war so gewaltig, dass sie die Zuschauer in den vorderen Reihen von den Stühlen riss. Das Publikum stand unter Schock. Prinz Aurel stand in Flammen und rannte, einer lebenden Fackel gleich, zum Brunnen und stürzte sich ins rettende Wasser. Angst und Schrecken verbreiteten sich wie das Feuer. Jeder versuchte, die eigene Haut zu retten. Die Menschen flohen in die kalte Nacht. Über den leeren Festplatz erschallte ein schrilles, frostig kaltes Lachen, das nicht enden wollte. Es brach sich aus einer leidenden Seele Bahn. Dann verstummte es und auch die Gräfin zog sich zurück.

Der nächste Morgen zeigte das Ausmaß der Verwüstung. Prinz Aurel hatte Glück im Unglück gehabt. Die Narben seiner Brandwunden würden ihn sein Leben lang zeichnen, andere Verletzungen würden verheilen. Der Kaiser und sein restlicher Hofstaat waren mit dem Schrecken und rußgeschwärzt davongekommen, und auch die Gräfin war wie durch ein Wunder unverletzt geblieben, obwohl sie bei der Explosion unmittelbar neben Prinz Aurel gestanden haben musste. Als sie am Abend die kaiserlichen Gemächer betrat, um den Herrscher mit einer versöhnlichen Geschichte zu beschwichtigen, hörte sie den Kaiser zu einem seiner Minister sagen: »Ich denke, die Gräfin sollte den kaiserlichen Hof verlassen. Wir werden sicher an anderem Ort eine geeignete Aufgabe für sie finden.« Die Gräfin erschrak bis ins Mark. Aber sie ließ sich nichts anmerken und las dem Kaiser wie gewohnt vor, bis der eingeschlafen war.

Als der Kammerdiener den Herrscher am nächsten Morgen wecken wollte, fand er ihn seltsam bleich und ohne Regung. Der Leibarzt wurde gerufen und stellte fest, dass Kaiser Pinus der Fünfte über Nacht in seinem neunundfünfzigsten Lebensjahr verstorben war.

Achtes Kapitel

Hoch lebe das Königspaar!

Im Südwesten grenzte das Land Thesauria an Samarna. Die Nachbarländer hatten über Jahrhunderte ihre Grenzstreitigkeiten nicht beilegen können, bis Kaiser Pinus und König Remerus von Thesauria Gespräche aufnahmen und sich schließlich einigten. Um den Frieden zu sichern, hatten die Herrscher vereinbart, Erbprinz Aurel von Samarna mit der Tochter des Königs Remerus zu verheiraten. Der unerwartet frühe Tod des Kaisers ließ die Verbindung umso vernünftiger und dringlicher erscheinen. Deshalb beschloss der Staatsrat, die Hochzeit zwischen König Aurel und Prinzessin Silene von Thesauria so bald wie möglich anzuberaumen.

Umgehend wurden die Vorbereitungen für ein großes Hochzeitsfest in die Wege geleitet. Für sieben Tage sollte die Stadt in ihrem schönsten Kleid erstrahlen: Bunte Fahnen, Girlanden, Teppiche und kostbare Tücher unter den Fenstern verwandelten die Straßen und Gassen in ein prachtvolles Farbenmeer. Essen und Trinken sollten für jedermann im Überfluss bereitstehen. Man plante, drei Tage lang in den Brunnen der Hauptstadt anstelle von Wasser Bier und Wein fließen zu lassen. Herden von Ochsen und anderen Schlachttieren standen vor der Stadt bereit, um die unzähligen Hungrigen zu sättigen. Von überall her drängte das Volk in die Stadt, um das Spektakel nicht zu versäumen. Fahrende Händler, Schausteller mit Tanzbären, Affen, Kamelen und anderen exotischen Tieren, Zauberer und

Artisten bahnten sich mit ihren Karren ihren Weg durch die Gassen. Es herrschte ein unbeschreibliches Gewimmel und Gedränge.

Der Dom war mit Millionen von Blüten geschmückt und mit kostbaren Teppichen ausgelegt. Ein Wald von Fahnen und Standarten repräsentierte die hohen Gäste. Sie kamen aus weit entfernten Ländern auf ihren prunkvollen Schiffen die Flüsse des Landes hinaufgefahren. Zu Lande strömten aus allen Richtungen prächtige Kutschen und Pferde in die Stadt.

Der denkwürdige Hochzeitsmorgen wurde mit Trompeten und Fanfaren eingeleitet. Von den höchsten Türmen erschallten die Klänge. Jede Kirche ließ ihre Glocken erklingen. Es war ein Tag der Freude. Nach vielen Jahren sollte das Land Samarna durch die königliche Vermählung endlich wieder eine Königin bekommen. Die Feierlichkeiten liefen nach einem strengen Zeremoniell ab, an dessen Ende sich das Paar ewige Treue und gegenseitigen Beistand gelobte und die kostbaren Ringe tauschte. Dann schritten König und Königin zu festlicher Musik von den Emporen des Doms durch den Gang nach draußen, von den Gästen und der ganzen Bevölkerung bejubelt. Nach dem Bad in der Menge setzte sich der Hochzeitszug, angeführt von der Kutsche des hohen Paares, in Bewegung zum Palast.

Im Prunkhof des Palastes, vor der alten, ehrwürdigen Linde, die ihn seit Jahrhunderten zierte, machte die Prozession halt und das Königspaar stieg aus. Königin Silene trug ein Kleid aus weißer Seide, besetzt mit einem Meer funkelnder, kleiner Steine. Der unendlich lange Schleier wurde ausgebreitet, ein Tross hübsch herausgeputzter, strahlender Kinder sollte ihn tragen. Plötzlich fuhr ein mächtiger Windstoß durchs Tor über den Hof. Er ergriff den Brautschleier, der sich wie das Segel eines Schiffes blähte, sich dann vom Kopf der Braut losriss und in die Luft getragen wurde. Wie eine Wolke, die stetig ihre Form veränderte, tanzte der Schleier in der Frühlingsluft über den Häuptern der Hochzeitsgäste. Als der Wind sich beruhigte, senkte sich der Schleier auf die Krone der alten Linde. Die Gesellschaft nahm das hübsche Spiel des Windes mit dem zarten Gewebe als ungewöhnliche Hochzeitsdarbietung. So beschloss das Königspaar, der Linde ihren Schmuck zu lassen und den Schleier erst nach der Feier am folgenden Morgen zu bergen.

Als sich jedoch in der Morgendämmerung des neuen Tages ein paar Diener daran machen wollten, war das duftige Tuch verschwunden, von unsichtbarer Hand entwendet. Die

mächtige Baumkrone strahlte in frischem, unverdecktem Frühlingsgrün. Sofort machten sich die Diener auf die Suche, aber der Schleier war weder im Schlosspark noch auf den umliegenden Wiesen und Feldern oder in den angrenzenden Wäldern zu finden.

Natürlich betrübte der Verlust dieses Andenkens Königin Silene. Viele trübe Gedanken verschwendete sie aber nicht daran. Sie wusste nicht, welche Macht der Schleier in den falschen Händen gewinnen konnte. Eine alte Überlieferung der Nordvölker versprach demjenigen Macht und Einfluss über eine andere Person, dem es gelang, sich ein Kleidungsstück dieser Person anzueignen. Als besonders wirksam galten Teile des Hochzeitsgewands. Zum Glück kannte niemand in Samarna die Geheimnisse der nordischen Stämme. Niemand außer der Gräfin.

Durch den plötzlichen Tod des Kaisers blieben dessen Absichten, die Gräfin vom Hof zu entfernen, ohne Folgen. Stattdessen wuchs ihr Einfluss sogar noch, als der junge König sie in den Stab seiner persönlichen Berater berief. Der Monarch fühlte sich ihr seit früher Jugend eng verbunden, die beiden teilten Erinnerungen und Geheimnisse, von denen niemand erfahren hatte. Die Ziele der Gräfin hatten nichts mit denen des Königs gemein, doch das wusste sie geschickt zu verbergen.

Während der Sommermonate, die die Gräfin weiterhin im verschneiten Norden zubrachte, blieb dem jungen Königspaar mehr Zeit füreinander. Es dauerte nicht lange, bis Königin Silene dem Reich einen Stammhalter schenkte. Die Freude bei Hof und im Volk war unbeschreiblich, tagelang wurde gefeiert. Den kleinen Prinzen taufte man auf den stolzen Namen Agnus Pinus Erasmus. Er war der Mittelpunkt der höfischen Aufmerksamkeit. Mit dem leiblichen Wohl des Säuglings wurde die herzensgute, treue Amme Alma betraut, die ihm ihre ganze Hingabe und Zuwendung widmete.

Natürlich mimte auch die Gräfin größte Anteilnahme am Gedeihen des Kronprinzen. In Wahrheit lag der Fortbestand des samarnischen Herrscherhauses aber keineswegs in ihrem Interesse. Zunächst galt es, die Bande zu König Aurel noch dichter zu knüpfen. Der junge, unerfahrene Herrscher war froh, die Bürde der Regierung nicht allein auf seinen Schultern tragen zu müssen. Er bat die Gräfin als seine Vertraute in nahezu jeder Angelegenheit um Rat. Die Königin spürte, wie die Macht der Gräfin über ihren Mann wuchs, und empfand sie als Rivalin. Das Verhältnis zwischen den beiden Frauen erkaltete zusehends. Der König nahm von dieser Entwicklung keine Notiz. Die Königin verlegte ihre Aufmerksamkeit fast vollständig auf ihr Kind. Tag und Nacht umsorgte sie mit Alma den Kronprinzen. Der gedieh prächtig und verbreitete viel Freude.

Eines Sommermorgens öffnete die Amme wie jeden Tag die gewirkten Vorhänge des prinzlichen Kinderzimmers, um die strahlende Morgensonne hereinzulassen. Dann beugte sie sich über das Bettchen des Kindes und erschrak zu Tode. Bleich und leblos lag der kleine Prinz in den seidenen Kissen, er atmete nicht mehr. Der verzweifelte, laut gellende Schrei der Amme hallte durch die Korridore und alarmierte den gesamten Hofstaat, doch es war zu spät. Der Kronprinz war tot. Auch der königliche Leibarzt konnte keine Erklärung für den schrecklichen Vorfall finden. Er konnte nur berichten, schon häufiger von ähnlichen Fällen gehört zu haben.

Die Trauer legte sich einer dunklen, bleiernen Wolke gleich auf das ganze Land. Im Palast wurden alle Spiegel schwarz verhängt. Zerstreuungen aller Art wurden abgesagt. Im Schloss herrschte Totenstille. Aurel und Silene waren gleichermaßen verzweifelt, konnten ihren Schmerz aber nicht miteinander teilen. Die Königin fühlte sich nur von Alma verstanden und ertrug niemanden in ihrer Nähe. So suchte der König Trost in der Nähe der Gräfin und lenkte seine Aufmerksamkeit auf die Regierungsarbeit. Die Gräfin war der Motor für Veränderungen. Sie hatte unzählige Visionen dafür, die alten Zöpfe abzuschneiden und im Land ein neues Zeitalter einzuläuten. Der König und seine Minister schätzten ihren Tatendrang, war sie in diesen dunklen Tagen doch die Einzige, die nicht von Schmerz und Trauer gelähmt zu sein schien.

Neuntes Kapitel

Ein wundersames Ereignis

Ein kalter Wintermorgen dämmerte, draußen tobte ein Schneegestöber, als das laute Wiehern eines Pferdes durch die Gänge und Gemächer des Palastes hallte. Das aufgeregte Rufen des Tieres weckte die Schlossbewohner aus tiefem Schlaf. Nur die Amme Alma war längst auf den Beinen gewesen. Geschwind legte sie sich eine Decke um und wagte sich hinaus in die Kälte, um der Sache auf den Grund zu gehen.

Mitten auf dem Schlosshof stand unter der alten Linde ein herrlich weißes Pferd, das sie noch nie gesehen hatte. In der Morgendämmerung schien es förmlich zu strahlen. Seine seidige silberweiße Mähne reichte in den Schnee, ebenso sein Schweif. Der Wind umspielte das schöne Geschöpf mit Schneeflocken und zupfte an seiner dichten Mähne. Alma versank fast im Schnee, als sie auf das Pferd zustapfte. Als sie nahe genug herangekommen war, sah sie, dass das Tier zwei große Weidenkörbe bewachte. Sie öffnete den fein geflochtenen Deckel eines Korbes und fand darin einen Laib Brot, der köstlich duftete. Daneben lagen zwei sorgfältig gefaltete Decken aus unbekanntem Gewebe, die sich unendlich weich und fast schwerelos anfühlten. Trotz der enormen Kälte strahlten sie eine wohlige Wärme aus.

Um das wiehernde Pferd zu beruhigen, brach Alma ein Stück von dem Brot ab und hielt es ihm hin. Es verschlang das Stück mit großem Hunger und scharrte dann mit dem linken Vorderhuf, als wolle es anzeigen, dass es noch hungrig sei. Also zerteilte Alma den gesamten Laib und verfütterte ihn. Doch wie staunte die junge Frau, als sie den Korb erneut öffnete und ein neuer Laib darin lag. Hier ging etwas nicht mit rechten Dingen zu!

Beherzt hob Alma nun den Deckel des zweiten Korbes. Fast blieb ihr das Herz stehen, als sie darin ein Kindlein fand, dass ihr freudig strahlend, ohne Furcht entgegenblickte. Die Kälte schien ihm nichts anhaben zu können. Es war in Decken gewickelt, die denen aus dem Brotkorb glichen: ein kunstvoll gewebter, dichter Stoff in den Farben von getrocknetem Gras oder Moos. Die ungewöhnlich großen Augen des geheimnisvollen Kindes zogen die Amme sofort in ihren Bann. Sie erinnerten an unergründliche blaue Teiche. Das Kind trug eine feine goldene Kette um den Hals, an der ein zarter, mit einem wasserklaren Stein besetzter goldener Ring hing.

Alma hob das Kind aus dem Korb und nahm es in die Arme. Es war ganz leicht, hatte kaum Gewicht. Während sie das Kind wiegte, entdeckte sie eine vollendet ausgeführte Stickerei auf der Decke. In geschwungenen Lettern stand dort »Livia«.

»Na, dann wissen wir jetzt wenigstens schon mal, wie du heißt«, lächelte die Amme und machte sich, das Kind fest an sich gedrückt, auf den Weg zurück ins Schloss. Das Pferd folgte ihr. Als Alma begann, die verschneiten Treppen zum Eingang hinaufzustapfen, bäumte sich das Pferd auf und brach erneut in ohrenbetäubendes Gewieher aus, das von den Mauern des Hofs zurückgeworfen und vervielfacht wurde. Die Amme blieb verwundert stehen. Dann trug sie das Kind Stufe um Stufe wieder näher an das Pferd heran, bis es sich beruhigte. Es schien das Kind zu beschützen und eine Trennung von ihm nicht zu dulden.

Von dem lauten Wiehern geweckt, war die Königin ans Fenster ihres Schlafgemachs über dem Hauptportal getreten. Als die Amme ihr mit lauter Stimme zugerufen hatte, was geschehen war, verschwand sie, um nur einen Augenblick später im weiten Morgenrock neben Alma im Schnee zu stehen. Der Anblick des Kindes raubte Silene den Atem. Ihre Augen begannen zu leuchten. Sie nahm es Alma gleich aus den Armen und drückte und herzte es. Unter Tränen sagte sie dann: »Das Schicksal hat Mitleid mit mir und schenkt mir wieder ein Kind. Ich will es dankbar annehmen.«

Alma äußerte Bedenken: »Der Gaul lässt sich nicht von dem Kind trennen. Aber wir können das Pferd auch nicht mit in den Palast nehmen. Es gehört in den Stall.«

Die Königin überlegte einen Augenblick und sagte schließlich: »Bis wir eine bessere Lösung gefunden haben, bringen wir eben beide in den Stallungen unter. Ganz hinten vor der Futterkammer ist es schön warm und etwas ruhiger.«

Verwundert betrachtete sie das ungewöhnliche Pferd. »Das Tier trägt gar kein Zaumzeug. Wie soll man es denn führen?«

Als sie ihm über die Mähne streichelte, entdeckte Silene eine Reihe gleichmäßig geflochtener, langer Zöpfe. Silberne Glöckchen waren darin eingeflochten, auf denen in winzig kleinen Buchstaben der Name »Flavio« eingraviert war. »Ein stolzer Name für ein stolzes Ross«, sagte die Königin und strich durch Flavios Mähne, wobei die Glöckchen kaum hörbar silberhell läuteten. Bei dem Klang hob der Schimmel, der den Blick bisher nicht einen Moment von dem Kindlein abgewandt hatte, seinen Kopf und schnaubte.

Jetzt kam auch König Aurel und aus allen Türen strömten Stallknechte, Küchenmägde und der ganze Hofstaat zusammen, um zu sehen, was geschehen war. Aurel staunte mehr über die unbändige Freude der Königin als über das Findelkind.

»Wenn du es behalten möchtest, dann soll es hierbleiben«, bestimmte der König. »Ist es ein Junge oder ein Mädchen?«

Noch bevor Königin Silene antworten konnte, war Almas laute, fröhliche Stimme zu hören: »Ein Mädchen ist es, ein Mädchen! Und es heißt Livia.«

»Dann soll für Livia im Stall ein Zimmer eingerichtet werden. Wenn sie erwachsen ist, kann sie die Pferde versorgen.«

In langer Prozession folgte der Hofstaat dem Königspaar mit Kind und Pferd in den Stall. Roderich, der Hofzwerg, brachte den Korb mit dem Brot und den Decken.

»Ich denke, das gehört unseren Gästen. Der Korb stand unter der Linde, er war fast eingeschneit. Das Brot darin riecht ja köstlich, da bekommt man gleich Appetit.«

»Untersteh dich!«, sagte die Amme streng. »Der Inhalt ist für Livia und Flavio bestimmt.«

Unsanft riss sie Roderich den Korb aus der Hand. »Es ist schon seltsam: Obwohl der Korb die ganze Zeit im Schnee stand, fühlt er sich warm an. Man kann sich die Hände daran wärmen.«

Wie angekündigt wurde Kind und Pferd am hinteren Ende des lang gezogenen Stallgewölbes eine gemütliche Unterkunft eingerichtet. Aber an welchem Ort man Livia auch untergebracht hätte, Flavio wäre ihr gefolgt. Das Pferd hütete das Kind Tag und Nacht wie seinen Augapfel. Die beiden waren unzertrennlich. Bald wusste jeder im Schloss, dass Livia und Flavio unter keinen Umständen getrennt werden durften. Tausend Geschichten, Gerüchte und Vermutungen machten die Runde. Wie ein Lauffeuer verbreitete sich die Nachricht von dem wundersamen Kind, das plötzlich am königlichen Hof aufgetaucht war, im gesamten Königreich. Als ein paar Tage verstrichen waren, trieb die Neugier auch die Gräfin zu Livia und Flavio in den Stall. »Na, wo sind denn unsere geheimnisvollen Neuankömmlinge?«, fragte sie übertrieben freundlich die Amme. Der Geruch im Stall musste ihr unerträglich sein. Sie hielt ihr Tüchlein fest an die Nase gepresst. Ihr Blick fiel auf Flavio. »Das Pferd kann sich sehen lassen«, gab sie zu. »Es hat wirklich Rasse.« Sie tätschelte Flavio die Flanke und wandte sich dann dem Kind zu. Livia, gerade noch hellwach, schloss plötzlich die Augen. »In diesem Alter«, bemerkte die Gräfin abschätzig, »sind Kinder immer niedlich. Sie lösen Beschützerinstinkte aus. Alma, ich hoffe, die Aufgabe wächst Ihnen nicht über den Kopf. Ich beneide Sie nicht darum.«

Wenig später suchte die schwarz gekleidete Dame das Gespräch mit dem König. »Eure Majestät, ich muss Euch davor warnen, diese Obdachlosen auf Dauer in den Hofstallungen unterzubringen. Wenn sich das herumspricht, verwandelt sich der Pferdestall ganz schnell in ein Kinderheim. Dann setzen alle Mütter, die zu viele Mäuler zu stopfen haben, ihre Brut des Nachts im Schlosshof aus.«

»Werte Gräfin«, antwortete König Aurel. »Sie wissen doch selbst, dass das nicht passieren kann. Der Palast wird rund um die Uhr scharf bewacht. Niemand gelangt nachts unbemerkt in den Hof. Ich kann mir immer noch nicht erklären, wie das Pferd mit den beiden Körben an den Wachen vorbei durch die geschlossenen Tore gelangen konnte, und dies ohne Spuren im Schnee zu hinterlassen. Ich glaube fast«, raunte Aurel der Gräfin ins Ohr, »hier waren höhere Mächte am Werk.«

Die Gesundheit des Prinzen Laurus ließ immer noch sehr zu wünschen übrig. Seine Sprache und seine Erinnerung waren noch nicht zurückgekehrt, auch die Beine versagten ihm den Dienst. Die herzensgute Alma hatte es sich zur Aufgabe gemacht, den Prinzen liebevoll zu umsorgen. Die gute Seele war es auch, die ihm stets alles erzählte, was es vom Leben am Hof zu berichten gab. Schnell erfuhr Prinz Laurus natürlich auch von dem Kindlein im Stall. Sofort wuchs in ihm der Drang, Livia zu sehen. So wurde der Prinz bereits am folgenden Tag die vielen Treppen von seinem Gemach hinunter und an der Linde vorbei über den Hof bis in den Stall getragen. Sanft reichte Alma ihm das schlafende Kind. In Laurus' Armen erwachte Livia und sah den Prinzen aus unergründlich blauen Augen an. Da durchdrang ihn eine so tiefe, nie empfundene Glückseligkeit, als erkenne er in den Augen des Kindes etwas Ungeahntes. Er konnte sich gar nicht sattsehen.

Bis tief in die Seele erfüllt von diesem Leuchten, wurde der Prinz zurück in seine Gemächer gebracht. Selig versank er in einen tiefen Schlaf, aus dem er drei Tage lang nicht erwachte. Jeden Morgen trat Alma an sein Bett, um nach ihm zu sehen. Am dritten Tag fand sie ihn wach auf der Kante seines Bettes sitzend. Dann erhob sich der Prinz langsam und ohne Hilfe. Seine Beine trugen ihn. Alma schlug die Hände über dem Kopf zusammen und schrie so laut, dass es wohl der ganze Palast durch das geöffnete Fenster hören konnte: »Ein Wunder! Ein Wunder ist geschehen! Prinz Laurus kann wieder gehen! Prinz Laurus ist geheilt, er ist geheilt!«

Die Freude über die Genesung des Prinzen Laurus war überschwänglich und König Aurel ließ ein Fest ausrichten, um ihr Ausdruck zu verleihen. Der Frühling ließ sich bereits erahnen, die große Linde zeigte erste zartgrüne Triebe. Hofbedienstete und Bevölkerung sollten zu dem Fest ebenso willkommen sein wie der Hofstaat, und so verlegte man es in die riesigen Stallungen. Auf diese Weise hätten alle auch gleich Gelegenheit, einen Blick auf das sagenumwobene Kind und sein treues Pferd zu werfen. Die Gräfin ließ sich entschuldigen. Der dunklen Dame ging es nicht gut. Zum einen hätte sie den Stallgeruch wohl nicht länger als einen Augenblick ertragen, zum anderen plagte sie eine große Sorge: Sollte die Genesung des Prinzen weiter fortschreiten, würde Prinz Laurus sich vielleicht eines Tages an die Unglücksnacht erinnern. Und was hatte es mit diesem geheimnisvollen Kind auf sich? Livia schien sich zu einem unberechenbaren Faktor in ihrem Spiel zu entwickeln.

Flavio und Livia waren Mittelpunkt des Festes. Kranke und Leidende standen Schlange, um das kleine Mädchen im Arm zu halten und so vielleicht Heilung zu erfahren. Es wurde getanzt und gesungen. Unzählige Trinksprüche wurden auf Prinz Laurus, Livia und Flavio ausgebracht, Gedichte und Reime vorgetragen und ersonnen. An langen Tafeln wurden auf Saiteninstrumenten eingängige Weisen gespielt, Solosänger und Chöre sangen im Wechsel lange Lieder. Roderich führte Kunststücke vor. Zum Beispiel jonglierte er erfolgreich sieben rohe Eier, tanzte auf einem gespannten Seil und lief auf den Händen zwischen

Brezeln und Bierkrügen auf den Tischen hin und her. Schließlich sprang der Zwerg zum Vergnügen der Menge über die großen Windhunde der Königin, um plötzlich mit einem Satz wie eine Heuschrecke im Schoß der Regentin zu landen. Die bekam zwar einen furchtbaren Schreck, hatte aber auch großen Spaß an dem Streich. Königin Silene hegte aufrichtige Sympathie für den Zwerg.

Zehntes Kapitel

Das Erscheinungsfest

Die wunderbare Heilung des Prinzen Laurus hatte Hofstaat und Bevölkerung gleichermaßen beeindruckt. Livia und Flavio waren Tagesgespräch, fantastische Geschichten wurden um die beiden gesponnen. Täglich kamen Besucher in den Palast, um dem Kind im Stall ihre Aufwartung zu machen. Um den Besucherstrom im Blick zu behalten, wurden schließlich vor dem Eingang der Stallungen Wachen aufgestellt. Nun konnte niemand mehr ungesehen zu Livia und Flavio gelangen.

Livia wuchs zu einem schönen jungen Mädchen heran. Der Ring mit dem kleinen Stein, den sie als Baby um den Hals getragen hatte, passte bereits. Sie trug ihn an der rechten Hand. Der Stein glitzerte und strahlte, als brenne ein Licht in ihm. Die Königin sorgte dafür, dass Livias Bereich im Stall stets ihrem Alter angemessen und aufs Schönste ausgestattet wurde. Livia war ein fröhliches Kind. Der Pferdestall war ihr Spielplatz. Ohne Furcht sprang sie zwischen den Beinen der Pferde umher. Sie liebte die Tiere über alles. Das Wiehern und Schnauben war ihr Wiegenlied, die Stallbewohner waren ihre Brüder und Schwestern. Im Heulager nebenan grub sich Livia Höhlen, ließ sich von den Emporen und Balken in die weichen Heuberge fallen. Kein Eckchen im Stall blieb dem Kind verborgen. Alma und Flavio waren gut damit beschäftigt, den kleinen Wildfang im Auge zu behalten.

In ruhigeren Stunden überhäufte Livia Alma mit Fragen zu allem, was ihr einfiel. Die Amme wunderte sich über die unendliche Wissbegierde des Kindes. Oft konnte sie keine befriedigende Antwort geben.

Livia ging mit wachen Augen durch die Welt und untersuchte alles, was sie fand: Riechfläschchen, Fächer, ausgetretene seidene Schuhe oder viele andere Gegenstände, die ihr fremd waren. In einem Nebengebäude des Stalls entdeckte sie eines Tages das Ende eines Seils. Sie nahm es auf und folgte dem Verlauf des Stricks. Hinter einer grob zusammengezimmerten Tür stand allein eine weiße Ziege. Sie hatte auf muffigem Heu herumgekaut und erstarrte vor Schreck, als Livia den Kopf in den Raum streckte. Um das Tier zu beruhigen, streichelte ihm Livia sanft über das Fell. Es war seidig weich wie das von Flavio. Im spärlichen Licht erkannte Livia zu ihrer Überraschung obendrein, dass die Ziege goldene Hörner hatte. Ohne zu zögern, befreite sie das Tier von der Seilschlinge, die ihm um den Hals gelegt war. Dann redete sie ihr gut zu und die Ziege folgte ihr zutraulich in Livias Schlafraum. Dort ließ sich das magere Tier neben Livias Bett nieder.

Als bald darauf Alma, einen großen Wäschekorb vor sich hertragend, den Stall betrat, um Livias Laken zu wechseln, traute sie ihren Augen kaum: »Herrje, wo kommt denn nur dieses Tier schon wieder her? Die Menagerie wird ja immer größer. Die hat ja goldene Hörner! Sehen fast aus wie eine Krone. Ist sie eine Königin?«, fragte Alma erstaunt. »Wir werden schon noch erfahren, woher sie kommt«, antwortete Livia.

Neben ihrer geheimnisvollen Herkunft und ihrem märchenhaften Beschützer Flavio unterschied sich Livia noch auf andere Weise von den Menschen, die sie umgaben: Livia verstand die Sprache der Tiere. Livia wusste meist genau, welche Sorgen und Freuden ihre tierischen Mitbewohner bewegten. Die Pferde erzählten ihr von den Ausfahrten des Königs oder welche Stute ein Fohlen erwartete. Sie wusste auch von der Trauer der Pferdegemeinschaft um eine unlängst verstorbene alte Stute, die nun sehr vermisst wurde. So dauerte es nicht lange, bis Livia das Vertrauen der Ziege gewonnen hatte.

»Ich danke dir, dass du mich aus der düsteren Kammer befreit hast. Ich bin sehr froh, bei euch zu sein. Dunkelheit und Einsamkeit hatten mich schon ganz mürbe gemacht. Nun, nach einem Spaziergang im Sonnenschein und in netter Gesellschaft, geht es mir schon um vieles besser. Ich heiße Zita«, fuhr das wundersame Geschöpf fort, »und wurde König

Aurel vor sieben Jahren von der Herzogin von Soleste zum Geschenk gemacht. Ich bin nämlich nicht nur hübsch anzusehen mit meinen goldenen Hörnern, sondern gebe auch besonders köstliche, nahrhafte Milch. Doch eines Tages, es ist schon Monate her, kam eine schwarz gekleidete Dame mit herrischen Gebärden, ein Taschentuch an die Nase gepresst, in den Stall gerauscht. Sie wies den Stallmeister an, mich im entlegensten Winkel einzusperren. Als der Stallmeister fragte, warum ein kostbares Geschenk versteckt werden solle, wurde die Dame sehr böse. Ihre Augen blitzten und funkelten, sie zischte wie eine Schlange und schrie dann schrill, dass der widerwärtige Gestank dieses dreckigen Tieres nicht zu ertragen sei. Allein meine Anwesenheit innerhalb der Palastmauern sei eine Zumutung. Sie werde dafür sorgen, dass ich bald geschlachtet würde. Der Stallmeister war über den Ausbruch der Dame sehr erschrocken und brachte mich unverzüglich in das Kämmerchen, in dem du mich gefunden hast. Jeden Tag hatte ich Angst, der Metzger würde kommen. Immer, wenn ich das Quietschen der Tür hörte, weil der Stallbursche mir Wasser bringen wollte, dachte ich, jetzt hat mein letztes Stündlein geschlagen.« Livia hatte der Erzählung der Ziege aufmerksam zugehört. Sie umarmte das Tier und sagte sanft: »Fürchte dich nicht, hier kann dir nichts geschehen. Nun gehörst du zu uns.«

Wenig später betrat Roderich den Stall, um Livia zu besuchen. Er sah die Ziege und kicherte: »Aus welchem Theaterstück ist denn dieses wunderliche Tier entsprungen?« Dann streichelte er Zita über den Rücken und bemerkte: »Ein herrliches Gefühl! Es prickelt richtig in den Händen. Was für ein seidiges Fell, weich und warm, als käme das Tier aus einem Märchenreich.«

»Vielleicht liegst du mit deiner Vermutung gar nicht so falsch, Roderich«, entgegnete Livia nachdenklich. »Ich habe eine Bitte: Führe Zita hinaus in den Hof und lauf ein bisschen mit ihr herum. Du benötigst kein Seil, sie folgt dir. Zita hat viele Jahre nicht mehr in der Sonne gespielt.« Zita schlug das Herz vor Freude bis zum Hals.

Von diesem ersten gemeinsamen Ausflug an fand Roderich großen Gefallen am freundlichen Wesen der Ziege. Fortan streiften die beiden häufig gemeinsam durch den Park. Sie verstanden sich auch ohne gemeinsame Sprache. Bedauerlicherweise war Roderich zu klein, um die königlichen Pferde zu reiten. Zita hingegen war von ihrer Größe her wie für den Zwerg geschaffen. Roderich beschloss eines Tages auszuprobieren, ob Zita ihn auf sich reiten ließe. Die Ziege machte keine Schwierigkeiten, im Gegenteil schien es ihr sogar Freude zu bereiten, Roderich auf dem Rücken umherzutragen. Bald trabten und galoppierten die beiden über Wiesen und Felder. Das Privileg, auf ihr zu reiten, gewährte Zita jedoch

ausschließlich dem Zwerg. Wenn die Kinder des Stallpersonals mit lautem Geschrei versuchten, sich auf ihren Rücken zu schwingen, machte sie einen Buckel und sprang und bockte, bis der unerwünschte Reiter heulend auf dem Boden lag.

Jedes Jahr wurde anlässlich des Jahrestages der geheimnisvollen Ankunft von Livia und Flavio an jenem kalten Wintermorgen ein großes Fest gefeiert. Königin Silene ließ es sich nicht nehmen, die Feierlichkeiten höchstpersönlich auszurichten. Seit dem Fest zur Heilung des Prinzen Laurus hatte es sich bei Hof und im ganzen Land eingebürgert, große Feiern im Stall abzuhalten. Dort war ausreichend Platz, Arm und Reich fühlten sich gleichermaßen wohl. Auch dieses Mal platzten die königlichen Stallungen fast aus den Nähten, so viele Gäste waren erschienen. Livia saß auf einem hohen Strohsack und lächelte. Mit roten Wangen und unvergleichlich blauen Augen betrachtete sie gut gelaunt die Menschenschar. Die neugierigen Blicke störten sie nicht. Das größte Vergnügen bereitete ihr aber, wenn die Geschenke kamen. Viele der für sie bestimmten Gaben gab sie freudig an arme und weniger glückliche Kinder weiter.

In diesem Jahr hatte ihr Königin Silene eine besondere Freude machen wollen: In einem kunstvoll geschmiedeten goldenen Vogelkäfig saß ein hübscher, zahmer Sperling.

Liebevoll sah Livia die Königin an und sagte: »Mutter, ich weiß, du möchtest mir mit diesem Vogel einen neuen Freund schenken. Bist du damit einverstanden, dass ich ihn freilasse? Tiere, denen die Freiheit genommen wurde und in Käfigen gehalten werden, machen mich immer traurig.«

Königin Silene nickte verständnisvoll. Livia öffnete den Vogelkäfig und entließ den Sperling in die Freiheit. Doch zum Erstaunen der Festgesellschaft flog der kleine Vogel nur eine Runde über den Köpfen der Gäste, landete dann auf Livias linker Schulter und tschilpte ihr ins Ohr. Als er schließlich verstummte, sagte Livia: »Du sollst Kuno heißen.« So begann eine innige Freundschaft.

Im großen Zentralgewölbe des Stalls hatte man Kornsäcke und Strohballen zu einer Manege mit umliegenden Sitzreihen gestapelt. Die Kinder und Festgäste nahmen auf den Rängen Platz und warteten gespannt darauf, was passieren würde. In der Mitte der Arena stand eine große Kiste, die wie ein Geschenk mit bunten Bändern verziert war. Gerade wollte Livia die Schleife lösen, als sich von selbst der Deckel hob und ein Affe aus der Kiste sprang. Dieser begann sofort, drollig im Takt der Blaskapelle zu tanzen. Dann packte er Livia, drückte sie an sich und wirbelte sie in wildem Tanz herum. Livia jauchzte vor Vergnügen. Niemand hatte je einen so gut dressierten und temperamentvollen Affen gesehen. Als der Tanz unter tosendem Applaus geendet hatte, trat der Affe an Livia heran und wisperte: »Ich hoffe, du willst mich nun nicht auch weiterverschenken oder in die Kälte freilassen.« Dabei zog er das Affenfell über den Kopf und darunter kam Roderich, der Hofzwerg, zum Vorschein. Lächelnd machte er eine tiefe Verbeugung. Livia warf ihm die Arme um den Hals, drückte ihm einen Kuss auf die Wange und rief: »Danke, lieber Roderich, für diese tolle Überraschung. Nein, dich würde ich niemals hergeben, du bist mein Freund. Und weiterverschenken könnte ich dich nicht, denn du gehörst mir nicht. Auch Flavio oder Kuno gehören mir nicht. Alle Geschöpfe haben das Recht auf Leben und Freiheit.«

Plötzlich tänzelte zu melodischer Blasmusik Zita in die Arena. In elegantem Trab umrundete sie, vom Beifall des Publikums begleitet, die Manege und präsentierte stolz ihre golden funkelnden Hörner. Wer hätte vermutet, dass irgendwo in einer staubigen Kammer in der hintersten Ecke des Stalls ein so prächtiges Tier sein Dasein gefristet hatte? Auch für Livia war es eine besondere Überraschung, ihre Freundin Zita in der Arena zu sehen. Eine winzige Dame erhob sich vom Zuschauerrang. Sie hielt einen großen Fächer in der Hand, eine Spitzenhaube verbarg ihre Frisur. Das zierliche Geschöpf eilte flink der Ziege nach, doch Zita war schneller. Das Publikum lachte. Endlich bekam die kleine Dame das lange seidene Band, das an Zitas Hals flatterte, zu fassen und versuchte, die Ziege zum Stehen zu bringen. Dabei stolperte sie und landete der Länge nach auf dem Boden. Der Rock schlug ihr von hinten über den Kopf, rosafarbene Unterwäsche wurde sichtbar. Die Festgäste schlugen sich vor Lachen auf die Schenkel. Zita blieb stehen, beschnupperte die gestürzte Dame und scharrte dann mit dem linken Huf auf dem Boden. Die Dame sprang auf und schwang sich unerwartet auf Zitas Rücken. Die Reiterin war eine Meisterin ihres Fachs. Während Zita in anmutigem Trab die Manege umrundete, rutschte die Dame auf der einen Seite des Ziegenleibs immer tiefer hinunter, um sich dann unter dem Bauch hindurch und auf der anderen Seite wieder nach oben auf ihren Rücken zu ziehen. Dort erhob sich die Dame in den Stand. Geschickt glich sie mit den kurzen Beinchen die rhythmischen Bewegungen des Tieres aus, der Oberkörper blieb nahezu unbewegt. Dann sprang die Dame ab, drehte einen Salto und landete sogleich wieder auf dem Rücken der trabenden Ziege. Gleich darauf wurde ein Salto rückwärts ausgeführt. Schließlich wirbelte die Artistin vorwärts und rückwärts durch die Luft. Als Höhepunkt ihrer Darbietung umfasste die Dame Zitas goldene Hörner und hob ihren Körper mit viel Kraft in den Handstand. Dabei fiel ihr der Rock über das Gesicht, die in rosa Unterhosen gehüllten Beinchen ragten in die Luft. Das Publikum tobte. Als die Dame mit Zita in die Mitte der Manege getreten war, um sich zu verbeugen, riss sie sich mit einer schnellen Bewegung die Kleider vom Leib und nahm die Haube ab. Nun stand Roderich in seiner Hoftracht neben Zita und verbeugte sich unter dem Jubel des Publikums. Königin Silene winkte die beiden zu sich und beschenkte sie mit Blumenkränzen.

Die Jahre zogen ins Land. Die Königin hatte es sich zur Aufgabe gemacht, Livia in der Geschichte des Landes und der Kunst zu unterrichten. Außerdem sollte sie einige handwerkliche Fähigkeiten erlernen und die Zusammenhänge und Wirkungsweisen der Natur

begreifen. Besonders wichtig war Königin Silene die musische Ausbildung. Zeichnen und Malen sollten die Fähigkeit schulen, sich auf das Wesentliche zu konzentrieren. »Diese Kenntnisse werden in deinem Leben hilfreich sein«, erklärte die Königin ihrer Ziehtochter. »Sie helfen, Gemütsschwankungen auszugleichen, und geben dir Freiheit.«

Prinz Laurus bat sie, Livia die Schönheit der Musik näherzubringen. Er lehrte Livia stumm die Griffe an der Harfe. Laurus war erstaunt, wie schnell das junge Mädchen lernte. Aber auch sonst machte es ihm viel Vergnügen, das anmutige Geschöpf durch Zeichensprache zu unterrichten. Bald gruben die beiden altes Liedgut aus, fehlende Noten wurden ergänzt, neue Texte ersonnen und mit selbst erdachten Melodien unterlegt. Die Freude am Schöpferischen machte beide glücklich. Im Erlernen von Sprachen war Livia allen überlegen. Es schien, als könne sie sich nach kürzester Zeit mit allen Menschen verständigen. Obendrein hatte sie die Gabe, Mensch und Tier in die Seelen zu schauen. Auf diese Weise ging ihr Verstehen weit über das der Worte hinaus.

Wieder war ein Frühling eingekehrt. Die Hoflinde zeigte bereits ihr hellgrünes Kleid. In der Spatzen eigenen Hast kam Kuno durch die Luft geschossen und landete auf Livias Schulter.

»Livia, darf ich dich etwas fragen?«, tschilpte er.

»Du kannst mich alles fragen.«

»Du weißt doch, es ist Frühling«, begann zögerlich der kleine Vogel. »Zu dieser Zeit bauen alle Vögel ihre Nester. Könntest du dir vorstellen, ein paar Wochen auf mich zu verzichten?« Livia unterbrach ihn lächelnd: »Ich weiß, was du sagen möchtest! Du willst hinausfliegen, dir eine Gefährtin suchen und mit ihr ein Nest bauen. Dann könnte sie Eier legen und du hilfst ihr bei der Brutpflege. Nur zu!«

»Wie gut Du mich kennst, Livia«, flötete Kuno. »Vielen Dank!«

»Wie könnte ich dir diesen Wunsch abschlagen? Wenn deine Kinder das Nest verlassen haben, würde ich mich sehr freuen, dich wiederzusehen.«

»Aber natürlich komme ich wieder!«, zwitscherte der kleine Vogel. »Wo meine Freunde sind, bin ich zu Hause. Ich bleibe ganz in der Nähe und besuche dich jeden Tag.«

»Wie schön! Dann ist das hier kein Abschied. Abschiede behagen mir gar nicht!«

Elftes Kapitel

Das Land verändert sich

König Aurel war mit den Jahren träge geworden. Da er, wie vor ihm sein Vater, gutem Essen und vorzüglichen Weinen sehr zugetan war, nahm sein Leibesumfang stetig zu. Im gleichen Maße schwanden Interesse und Einsatz für sein Land und dessen Bevölkerung. Aus reiner Bequemlichkeit hatte König Aurel viele seiner Pflichten in die Hände seiner Minister und Berater gelegt. Dieser Umstand kam der Gräfin von Sinklau sehr zupass.

Eines Tages bat die Gräfin den König, eine geheime Ratssitzung einzuberufen. Hinter verschlossenen Türen wollte sie dem Herrscher, seinen Ministern und Ratgebern ihre Pläne für Samarna darlegen. Um frische Luft in den voll besetzen Sitzungssaal strömen zu lassen, waren die Fenster weit geöffnet. Die warme Frühlingsluft spielte mit den zarten Vorhangschleiern. Auf der Fensterbank saß unbemerkt ein kleiner Vogel in der Sonne. Es war ein Sperling.

Mit klarer, sicherer Stimme erläuterte die Dame den Mächtigen des Landes nun in wohl gewählten Worten, dass das Land dringender Reformen bedürfe: »Samarna muss sich von innen heraus erneuern, um weiter blühen und gedeihen zu können. Wir müssen den Mut aufbringen, uns von altem Ballast zu trennen und den Sumpf überflüssiger Ämter und Institutionen trockenzulegen. Zum Wohle unseres geliebten Landes dürfen wir uns nicht

zu Sklaven unserer eigenen Vorlieben und Gewohnheiten machen. Wenn wir bereit sind, die richtigen Entscheidungen zu treffen, können wir an anderer Stelle Geld einsparen, welches wir zur Sicherung unserer Nordgrenze benötigen. Nur auf diese Weise können wir die kulturlosen Eindringlinge, die unsere Lebensweise bedrohen, in ihre Schranken weisen.

Um unsere Kultur zu schützen, müssen wir uns auf das Wesentliche besinnen und Handwerk und Militär stärken. Um Ablenkung und das Totschlagen wertvoller Zeit, das in den letzten Jahren überhandgenommen hat, einzudämmen, sollten wir kleinere Bibliotheken auflösen und die großen nicht weiter ausbauen. Auch Theater und Orchester kosten unnötig Geld und Zeit, die besser genutzt werden können. Das Volk muss sich endlich dem Notwendigen zu- und sich von Hirngespinsten und Fantastereien abwenden.

Kunst und Musik sollten aus den Schulen und Hochschulen verbannt und durch Nutzbringendes wie Körperertüchtigung, Natur- und Wirtschaftswissenschaften ersetzt werden. Wir müssen unseren Kindern wieder beibringen, dass nicht Vergnügen, sondern Leistung wirklich glücklich macht. Sie werden es uns später danken.

Auch die Architektur muss sich dem neuen Streben nach Klarheit und Ehrlichkeit anpassen. Künstlerische Gestaltung ist nichts als Tand. Funktion und sparsamen Bauweise zählen: Schlichte, einfache Gebäude ohne Stuck und Zierrat, die schnell erbaut werden können. Auch auf die reiche Bemalung von Fassaden mit unterschiedlichen Farben kann künftig verzichtet werden. Sie schürt nur nachbarschaftliche Missgunst. Ornamente sind unnötig und teuer. Der ganze Firlefanz muss weg. Alles wird sauber, gerade und klar durchgeplant. Strukturiert und praktisch soll es sein. Städte müssen nicht gefallen, sondern funktionieren. Schönheit ist nur Verpackung und eine Form der Verblendung.

Lassen Sie uns die alten, ausgetretenen Stiefel unserer Väter vergessen und eine neue Zukunft bauen. Bekennen wir uns zur Vernunft. Wenden wir uns ab von den Fantastereien der Kunst, die uns in Wahrheit nur verblenden. Verbannen wir die ›alten Meister‹ endlich in die tiefsten Keller und schaffen wir Platz für eine neue Zeit, für einen Aufbruch, um den uns die Welt beneiden wird.«

In verschnörkelten Sesseln saßen beeindruckt die hohen Herren des Landes und bekundeten durch heftiges Klopfen auf den Tisch ihre Zustimmung zu dem, was die entschlossene Gräfin vorgeschlagen hatte. Kuno hatte auf der Fensterbank alles mit angehört. Sofort flog er zu Livia, um ihr von den geheimen Plänen der Regierung zu erzählen. Die saß mit ihrer Ziehmutter plaudernd im Stall. Sobald der Sperling zu tschilpen aufhörte, übersetzte das

Mädchen Königin Silene, was er zu berichten hatte. Die Königin traute ihren Ohren kaum. Es konnte nicht sein, dass ihr Gemahl sich auf solche Vorschläge einließ. »Wer seine Tradition leugnet, hat keine Zukunft«, sagte die Königin.

Um zu erfahren, wie ernst die Lage wirklich war, nahm Livia am Abend vor dem Zubettgehen Alma beiseite und sagte: »Liebe Alma, du musst mir bitte einen Dienst erweisen. Könntest du dich zum Sitzungssaal schleichen und an der Tür belauschen, was dort beschlossen wird?«

Entsetzt sah Alma ihren Schützling an.

»Auf gar keinen Fall werde ich das tun. Der Lauscher an der Wand hört seine eigene Schand, das weißt du ganz genau. So etwas tut man nicht!«

»Ach, Alma, es ist wirklich sehr wichtig«, versuchte Livia sie zu überreden. »Neugierig zu sein, mehr wissen zu wollen, ist kein Verbrechen. Besonders, wenn es darum geht, etwas Schlimmes zu verhindern.«

Alma konnte sich nicht mit dem Gedanken anfreunden.

»Ich habe eine bessere Idee«, wand sie sich heraus. »Wäre das nicht die perfekte Aufgabe für Roderich? Er ist viel kleiner als ich und kann sich mühelos unter dem Schreibtisch des Königs verstecken.«

Als Roderich am nächsten Morgen in den Stall kam, lag Livia noch in tiefem Schlaf. Doch bei ihrem Anblick erschrak der Zwerg. Rings um Livias weißes Lager brannte es! Die Flammen loderten hell, jedoch ohne sich vorwärts zu fressen. Sie blieben auf der Stelle stehen, viele kleine Flammen nebeneinander. Die züngelnde Feuerreihe wirkte gar nicht bedrohlich, sondern schien Livia zu beschützen. Flavio und Zita nahmen keine Notiz davon, als seien beide an das wundersame Schauspiel gewöhnt. Livia erwachte und sofort erloschen die Flammen. Etwas Vergleichbares hatte Roderich nie gesehen, doch hatte er sich bei Livia daran gewöhnt, Ungewöhnliches als etwas Alltägliches zu betrachten. Mit einem Satz schwang er sich auf Livias Bett und ließ die kurzen Beinchen baumeln.

Das Mädchen sah bekümmert aus.

»Wie es scheint, nutzt die Gräfin ihren Einfluss auf den König, um furchtbare Veränderungen im Land voranzutreiben. Wir müssen wissen, was sie genau vorhat. Ich weiß, es ist viel verlangt, aber könntest du dich bitte in den Regierungsräumen des Königs verstecken – in den Standuhren, hinter dem Vorhang, unter dem Tisch, du wirst gewiss ein gutes Versteck finden – und herausfinden, was genau vor sich geht?«

Dazu war der wagemutige Zwerg gern bereit.

Am Nachmittag wartete er im Schlosshof unter der Linde, bis eine Gruppe wichtiger Staatsdiener die Treppen zum Haupteingang hinaufstiegen. Die Herrschaften hatten viele Dienstboten im Schlepptau. Flink mischte sich Roderich unter die plaudernden Mägde, verschwand zwischen weiten Röcken und weißen Schürzen und gelangte so unbemerkt an den Wachen vorbei zu den königlichen Regierungsräumen. Dort versteckte er sich in einem kunstvoll geschnitzten Uhrenkasten.

König Aurel war allein. Ein Diener brachte ihm Wein. Roderich hörte schnelle, zielstrebige Schritte. Die mächtige Flügeltür flog auf und wurde heftig zugeschlagen. Er vernahm die empörte Stimme der Königin Silene.

»Was soll das denn bitte bedeuten? Ich darf unsere Bibliothek nicht betreten? Sie sei geschlossen? Niemand dürfe mehr hinein? Das kann doch wohl unmöglich dein Ernst sein! Ich weiß, was die Gräfin von Sinklau im Sinn hat. Aber ich dachte immer, du seist der König. Offenbar habe ich mich geirrt. Wie mir scheint, ist es in Wahrheit die Gräfin, die hier herrscht, du bist nichts weiter als ihre Marionette. Wie weit ist es mit uns gekommen, mein König? Ich kann dich nur warnen. Die Bibliotheken sind die Wissensburgen unseres Landes, dort liegt der Erfahrungsschatz der gesamten Welt. Er muss geschützt und erweitert werden. Die Literatur, die Künste, die Wissenschaften, all das ist lebenswichtig. Dein Vater, Kaiser Pinus, wusste das. Er liebte die Bibliotheken und hat sie zum Wohle des Landes stets ausgebaut. Die kaiserliche Bibliothek ist die schönste und größte des gesamten Reiches. Andere Länder beneiden uns darum.

Du willst die Akademien und Museen schließen, willst auf Malerei, Literatur und Musik verzichten, die kostbarsten Güter unserer Kultur? Die Kunst erweitert unseren Blickwinkel, sie eröffnet uns neue Horizonte. Die Musik lässt das Eis in uns schmelzen, sie verbindet uns, spendet Frieden, trifft uns direkt ins Herz. Darauf können und dürfen wir nicht verzichten!

Merke dir gut, mein König: Vernichtest du die Kultur eines Landes, raubst du ihm seine Seele. Das Volk identifiziert sich mit den kulturellen Leistungen der Vergangenheit und Gegenwart, nicht mit dem Heer, dem Straßennetz, den Vorschriften und Gesetzen. Ohne Kultur wird das Land seinen Charakter verlieren, es wird wild und gefährlich werden. Im Krieg schweigt die Fantasie, im Frieden muss sie gedeihen, wachsen. Du fürchtest dich vor der Fantasie. Sie ist dir unheimlich, weil sie unberechenbar ist. Deshalb möchtest du sie zum Schweigen bringen. Du solltest dich schämen!

Vielleicht wirst du auf diese Weise größeren Reichtum anhäufen als je zuvor, um mehr Waffen zu kaufen und Soldaten zu verpflichten. Doch dein Volk wird verarmen. Sage am Ende nicht, du hättest es nicht kommen sehen. Die Gräfin von Sinklau will das Land zerstören. Sie ist klug und hat die einfachste Methode gewählt. Es braucht keine Armee, um ein Volk zu zerstören!«

Der König hatte die ganze Zeit über geschwiegen, aber sein Gesicht war puterrot angelaufen. Als die Königin geendet hatte, schrie er: »Wie kannst du es wagen? Geh mir aus den Augen, sonst lasse ich dich in den Kerker werfen!«

Erschrocken eilte die Königin aus dem Raum. Roderich war es in seinem Uhrenkasten sehr heiß geworden. Um sich etwas frische Luft zu verschaffen, öffnete er die Tür einen winzigen Spalt. Da betrat die Gräfin von Sinklau das Arbeitszimmer des Königs und blieb genau vor der Uhr stehen. Mit ihrem schwarzen Gewand versperrte sie Roderich die Sicht, dann lehnte sie sich an den Uhrenkasten.

»Majestät«, säuselte scheinheilig die Dame, »eben, kam mir, kochend vor Zorn, ihre Majestät die Königin entgegen. Was ist denn nur geschehen?«

Der König erzählte seiner Vertrauten, welche Standpauke ihm die Königin gehalten hatte, und beklagte sich, wie leid er es sei, von seiner Frau nicht die geringste Unterstützung in den Regierungsgeschäften zu erfahren. Nur, wenn ihr etwas missfalle, nehme sie Anteil.

»Majestät, Ihr habt doch mich! Ich unterstütze Euch, wo immer ich kann. Ich hatte mir fast gedacht, dass Königin Silene unsere revolutionären Ideen mit ihrem beschränkten politischen Verstand nicht begreifen wird. Zerbrecht Euch darüber nicht den Kopf, Majestät.«

»Sie sollten die Königin auf keinen Fall unterschätzen. Sie hat großen Einfluss am Hof und ist imstande, wichtige Leute auf ihre Seite zu ziehen«, erwiderte der wütende König.

»Lasst das nur meine Sorge sein, Majestät. Ich weiß schon, wie ich die Königin zur Vernunft bringe.«

Zwölftes Kapitel

Ein Ausritt mit Folgen

Durch das lange Stallgewölbe kam Kuno, der Sperling, nach hinten zu Livias Schlafgemach geflattert. Er landete auf Livias Schulter und begann sofort aufgeregt zu tschilpen: »Ich habe ein reizendes Fräulein gefunden. Kathi heißt sie. Das Nest ist bereits fertig!«

»Wie schön, ist es weit von hier?«, fragte Livia.

»Hinten im Schlosspark, in der Nähe des Wiesenrondells, auf dem du so gerne reitest. Dort haben wir in der knorrigen alten Eiche eine ausgediente Spechthöhle gefunden. Kathi hat fünf Eier gelegt. Ich bin schon ganz aufgeregt. Jetzt beginnt die Brutpflege. Wir wechseln uns ab«, zwitscherte Kuno und flatterte in die Luft.

»Kann dich morgen besuchen, wenn ich mit Flavio ausreite?«, rief Livia ihm zu.

»Wir erwarten dich!«, trällerte Kuno und flog eilig zurück zu seiner alten Eiche.

Am Abend kamen die Königin und Alma, ein Tablett vor der weißen Schürze, in den Stall.

»Du scheinst mir besorgt zu sein, mein Kind«, sagte die Königin.

Alma, die nicht viel von Sorgen hielt, wiegelte sofort ab: »Ach was, zur Besorgnis gibt es keinen Grund. Das Leben ist zu kurz, um sich Sorgen zu machen. Ich hab dir ein paar Leckereien aus der Schlossküche mitgebracht. Sie waren eigentlich für das Abendessen seiner Majestät bestimmt, aber er ist ohnehin zu fett. Es schadet ihm nicht, wenn etwas weniger auf seinem Teller liegt.«

Alma stellte einen Teller mit duftendem Braten und köstlichen Beilagen vor Livia ab. Die sah die Speisen und sagte: »Tut mir leid, liebe Alma, ich weiß, du meinst es gut mit mir. Aber ich kann kein Fleisch essen. Wie sollte ich meine Brüder und Schwestern verzehren?«

Alma war auf alles vorbereitet und zog ein Päckchen aus ihrer Schürzentasche. »Ach, daran hatte ich nicht gedacht!«, entschuldigte sie sich. »Müsste es eigentlich langsam wissen. Dann nimm wenigstens das, Kind. Der König sollte es zum Nachtisch bekommen.«

Sie packte kunstvolle kleine Gebäckstücke und Pralinen aus und legte sie auf einen Teller. Mit leuchtenden Augen kostete Livia davon, dann blickte sie zu ihrer Ziehmutter auf.

»Du hast heute Morgen dem König deine Meinung gesagt. Das war sehr mutig. Ich hätte genauso gehandelt. Aber nun mache ich mir doch Sorgen. Der Zwist zwischen der Gräfin

und dir ist jetzt offen ausgebrochen. Sie ist unberechenbar. Ihr Hass kann Schreckliches bewirken. Den Stall meidet sie. Sie kann den Geruch nicht ertragen. Hier können wir uns einigermaßen sicher fühlen. Es ist wohl der einzige Ort, in den sie ihre Nase nicht steckt. Zitas Geruch hasst sie am meisten.«

Der Nacht folgte ein kühler, berauschender Frühlingstag. Die Natur war dabei aus ihrem Winterschlaf zu erwachen. Auf Flavios Rücken ritt Livia durch den Schlosspark zur alten Eiche. Auf dem weiten Wiesenrondell vor dem mächtigen Baum genossen Pferd und Reiterin ihre Schrittwechsel. Livia war eine gute Reiterin. Ohne Zaumzeug, Sattel oder Zügel führte Flavio stets genau das aus, was Livia sich wünschte. Sie musste es ihm nicht sagen. Die beiden waren zwei Teile eines Ganzen. Flavios Kraft floss in Livia und die ihre in ihm. Der sanfte Frühlingswind spielte in der langen, gewellten Seidenmähne, der üppige, glänzende Schweif tanzte im Rhythmus der Gangart. Bei jeder Bewegung war das leise, vielstimmige Klingeln der silbernen Glöckchen zu hören. Livias und Flavios Körper schienen eine geringere Dichte zu haben als die anderer Lebewesen. Selbst auf dem weichen Wiesenboden hinterließ Flavio kaum eine Spur, berührte ihn kaum. Seine Schritte und Sprünge waren weit und weich. Er machte den Eindruck der Schwerelosigkeit. Aus diesem Grund hatte Livia ihm besonders schwere Hufeisen anfertigen lassen, die ihn bei Tage fast wie ein ganz gewöhnliches Pferd erscheinen ließen. Um niemanden zu erschrecken oder unnötig Aufsehen zu erregen, unternahmen Livia und Flavio Ausflüge ohne die schweren Eisen nur in der Nacht. Kamen die beiden zufällig jemandem bei einem dieser Ausritte unter die Augen, glaubte der Betrachter zu träumen. Gelegentlich wurden Wildhüter und Waldarbeiter Zeugen dieser Reitausflüge. Später erzählten die Beneidenswerten von Erscheinungen der Jungfrau Maria hoch zu Ross oder sagenhaften Elfengestalten, aus denen häufig neue Sagen und Legenden entstanden. Die Schönheit der Bewegungen war unwirklich, übernatürlich. Flavio schien über Wiesen und Felder zu fliegen. Seine Hufe berührten die Erde, ohne einen Laut zu verursachen. In machtvollen Sprüngen überquerten Pferd und Reiterin jedes Hindernis.

Als Flavio und Livia ganz früh an diesem Morgen auf dem Rondell im Park ihre Runden drehten, näherte sich ihnen eine weibliche Gestalt, die spazieren zu gehen schien. Die Strahlen der Morgensonne verliehen dem schwarzen Seidenkleid besonderen Glanz. Es war die Gräfin. »Bist du nicht Livia?«, fragte sie scheinheilig. »Ich hätte dich fast nicht wiedererkannt. Was ist nur für eine hübsche junge Dame aus dir geworden! Wie doch die Zeit vergeht? Es kommt mir vor, als sei es gestern gewesen, dass man dich und den Schimmel auf dem Schlosshof gefunden hat. War es nicht dieses einfältige Mädchen Alma, das dich entdeckt hat? Du warst schon fast zugeschneit in deinem Körbchen. Wohnst du immer noch im Stall?«

Höflich, aber knapp antwortete Livia: »Ja. Es geht mir sehr gut dort.«

»Du scheinst ja sehr an deinem Pferd zu hängen. Ihr riecht sogar gleich. Seine Majestät wusste schon damals, dass du eines Tages die perfekte Stallmagd für seine Pferde sein würdest.«

Livia war während des Gesprächs mit der Gräfin unbeirrt weiter geritten. Gelassen drehte sie ihre Runden und konzentrierte sich auf Flavio. Dem stolzen Pferd hingegen wurde das Sticheln der Dame langsam zu viel und es begann erregt zu wiehern.

»Was hat er denn?«, fragte die Gräfin erschrocken. »Pferde sind einfach unberechenbar. Über ihren Geruch möchte ich gar nicht sprechen. Ich habe mir den Umgang mit diesen Biestern aus gutem Grund abgewöhnt.«

Nun hatte Flavio genug gehört. Livia versuchte noch, das Pferd zu beruhigen, aber der sonst so sanfte Schimmel kochte vor Wut. Er blähte bedrohlich die Nüstern und tänzelte unruhig auf der Stelle. Livia glitt von Flavios Rücken herunter, um ihm in die Augen sehen und ihn beruhigen zu können. Sie umarmte ihn am Hals und redete mit ruhiger Stimme auf ihn ein. Aber Flavio schüttelte sie ab. Er wollte sich nicht besänftigen lassen. Mit einem bedrohlichen Satz bewegte das Pferd sich auf die Gräfin zu und bäumte sich vor der schwarzen Gestalt hoch auf. Die Gräfin erschrak fürchterlich. Erinnerungen an ihren Unfall im Kakteengarten wurden in ihr wach. Flavio zeigte seine wilde, ungebändigte Kraft. Er fletschte die großen, blanken Zähne, Schaum trat aus seinem Maul. Immer wieder stellte er sich auf die Hinterbeine und drohte der Gräfin mit den eisenbeschlagenen Vorderhufen. Die Gräfin raffte ihr Gewand und ergriff die Flucht. Flavio folgte ihr. Er hätte die Fliehende mühelos mit einem Satz einholen können, aber es machte ihm Spaß, sie vor sich herzutreiben.

Plötzlich versperrte ein von der Schneeschmelze zu einem reißenden Gewässer angeschwollener Bachlauf den Fluchtweg der Gräfin. In ihrer Todesangst setzte sie, ohne nachzudenken, zum Sprung an, doch das andere Ufer war zu weit entfernt. Sie stürzte in das eisige Wasser und wurde von der Strömung erfasst. Verzweifelt suchte sie am Ufer nach Halt, aber sie wurde mitgerissen.

Livia war Flavio hinterhergeeilt. Erschrocken versuchte sie, das Kleid der Gräfin zu fassen, es war vergebens. Aus voller Kehle begann sie schließlich, um Hilfe zu rufen. Doch wer sollte sie hier, im Morgengrauen am äußersten Rand des Palastparks hören? Da zeichneten sich im Gegenlicht der Morgensonne zwei merkwürdige Silhouetten ab. Die eine war klein, schmal und niedlich, die andere lief auf vier Beinen und trug Hörner. Noch einmal rief Livia aus Leibeskräften. Schnell kamen die Gestalten in ihre Richtung gelaufen. Es waren Roderich und Zita!

Der Zwerg wusste sofort, was zu tun war. Blitzschnell nahm er Zita das Seil vom Hals und warf der Gräfin das eine Ende zu. Dem Ertrinken nahe, fasste die Gräfin mit letzter Kraft den Strick und Roderich und Livia zogen die Unglückliche an das rettende Ufer. Sie hatten der Gräfin von Sinklau das Leben gerettet.

Dreizehntes Kapitel

Das Geheimnis der königlichen Bibliothek

Noch am gleichen Tag kam Kuno, der Sperling, aufgeregt in den Stall geflattert.

»Was war das heute Morgen nur für ein Drama! Aus der Krone meiner Eiche konnte ich alles genau beobachten. Ich muss schon sagen, die Gräfin hat Flavio arg zugesetzt. Wenn du mich fragst, war sie selbst schuld daran, was passiert ist. Natürlich wusste sie nicht, dass Flavio jedes Wort versteht, aber solche Bosheit verdient eine Strafe. Die wird sich beim nächsten Mal gut überlegen, wie sie mit einem stolzen Pferd zu reden hat.«

»Das stimmt wohl«, antwortete Livia nachdenklich. »Trotzdem hat mir Flavio mit seiner Wut keinen Dienst erwiesen. Wahrscheinlich denkt die Gräfin, ich hätte ihn auf sie gehetzt.«

»Lass die Gräfin denken, was sie will. Ihr habt ihr schließlich das Leben gerettet! Die Geschichte ist heute am Hof natürlich Tagesgespräch. Ihr würdet nicht glauben, was für Blüten diese Angelegenheit treibt. Vergesst es einfach! Morgen läuft eine andere Sau durchs Dorf und liefert Stoff für neuen Hoftratsch.«

Ganz außer Atem kam Alma angelaufen. Sie schlug die Hände vors Gesicht und japste:

»Habt ihr gehört, was man sich erzählt?«

Livia schüttelte den Kopf und lachte:

»Nein, aber du wirst es uns bestimmt gleich sagen.«

»Dir wird das Lachen noch vergehen, mein Schatz«, brach es aus der guten Alma heraus. »Man erzählt sich, Roderich und du hättet im Park dabei zugesehen, wie die Gräfin fast ertrunken wäre, ohne einen Finger zu rühren. Mit letzter Kraft hätte sie sich schließlich am Ast eines Weidenbaums ans Ufer ziehen können. Ich weiß natürlich, dass sie lügt. So etwas würdet ihr niemals tun. Das ist Verleumdung! Wer weiß, was sie nun wieder im Schilde führt. Ach, wäre sie doch nur ertrunken, diese böse Person!«

Inzwischen hatte Königin Silene den Raum betreten. »Alma, was muss ich da hören?«, rief sie entsetzt. »Schäm dich! Dein loses Mundwerk bringt dich noch um Kopf und Kragen. Auch ich habe die Lügen gehört, aber seid gewiss: Eines Tages wird die Gräfin von Sinklau die gerechte Strafe für ihre Boshaftigkeit erhalten. Bis dahin werden wir uns nicht von ihr provozieren lassen.«

Mit seiner Ziegenfreundin Zita im Schlepptau kam Roderich gut gelaunt hereingeschlendert. »Was für ein Tag. Man wird uns als Helden feiern! Schließlich haben wir die Gräfin gerettet!«

»Von wegen gerettet«, murrte Livia. »Man erzählt sich, wir hätten untätig dabei zugesehen, wie sie fast ertrunken wäre.«

Roderichs Gesicht lief krebsrot an: »Was für ein Miststück! Wie kommt sie nur dazu, so einen Unsinn zu erzählen? Ich werde sofort zu ihr gehen und sie zur Rede stellen. Vielleicht sollte ich sie einfach gleich erwürgen, diese Schlange!«

Wild schimpfend sprang der Zwerg zur Tür, doch Flavio versperrte ihm den Weg. Livia versuchte, ihn zu beruhigen: »Ich kann deine Wut nur zu gut verstehen, mein lieber Roderich. Aber im Zorn sollte man keine Probleme lösen. Atme erst einmal tief durch und schlafe eine Nacht darüber. Morgen sieht die Welt schon wieder anders aus.«

Der Frühling schritt voran. In der Spechthöhle von Kuno und Kathi hatten die Küken ihre Eierschalen durchbrochen und waren geschlüpft. Deshalb beschränkten sich Kunos Besuche bei Livia nun auf den Abend. Die anstrengende Zeit der Aufzucht hatte begonnen. Sie verlangte Kuno und Kathi alles ab. Jeden Tag fünf hungrige Spätzchenmäuler zu stopfen, war eine mühselige Aufgabe. Mit jedem Tag wurde es außerdem enger im Spatzennest. Wenn Kuno abends erschöpft und hungrig in den Stall kam, fand er endlich die Zeit, um seinen Magen zu füllen. Dafür sorgte die gute Alma.

Dreizehntes Kapitel

Längst hatte die Hofgesellschaft ein anderes Thema gefunden, über das sich die Gemüter erhitzen konnten. Im Namen des Königs wurde ein Theater des Landes nach dem anderen geschlossen, die Möglichkeiten, sich die Zeit zu vertreiben, wurden weniger. Auch der Zugang zu Bibliotheken blieb der Bevölkerung inzwischen verwehrt. Das galt auch für Königin Silene, was Livias Ausbildung sehr erschwerte. Aus seiner Zeit als Vorleser des Kaisers Pinus kannte Roderich zum Glück jeden Gang und geheimen Winkel der kaiserlichen Bibliothek. Zwischen doppelten Wänden führte ein geheimer Gang unsichtbar ins Zentrum des Wissensschatzes. Er war Teil eines Fluchtwegnetzes, das bei der Entstehung des Schlosses mit unzähligen Abzweigungen und Eingängen erbaut worden war. Wenn man das Labyrinth durch eine verborgene Tür im Kartoffelkeller betrat und sich immer geradeaus hielt, führte die siebenundzwanzigste Abzweigung auf der linken Seite in die Bibliothek. Hilfsbereit bot der Zwerg also der Königin an, ihr alle Bücher, die sie für den Unterricht benötigte, aus der Bibliothek zu holen, und machte sich deshalb mit einer Fackel und einer Kiepe auf dem Rücken, von Alma vorsorglich mit etwas Proviant gefüllt, eines Nachts auf diesen unheimlichen Weg.

Eine steile, schmale Treppe führte in die Tiefe zu den Kellerräumen des Palastes. Durch endlose Gewölbe, an tausend Flaschen kostbarer Weine, langen Reihen von geräucherten Schinken und Würsten und großen Körben mit Rüben und Kohl vorbei führte der Gang in den niedrigen Kartoffelkeller. Zum Glück war Roderich sehr klein. Ein ausgewachsener Mensch hätte sich wohl ständig den Kopf gestoßen. In einer dunklen Ecke führte ein Türchen in einen bedrohlich engen Gang. Die kalte Luft darin schien beständig in Bewegung und zerrte an der Flamme von Roderichs Fackel. Der Zwerg bemühte sich, zügig und lautlos voranzukommen. Niemand durfte ihn hören oder sehen. Angstschweiß stand ihm auf der Stirn. In seiner Erinnerung war der Weg nicht so weit gewesen. Aufmerksam zählte Roderich die vielen Gänge zu seiner Linken: fünfundzwanzig, sechsundzwanzig, siebenundzwanzig. Zaghaft bog er ab und stand nach wenigen Schritten vor einer schweren Eisentür. Mit ganzer Kraft stemmte sich der kleine Mann dagegen, doch alles Drücken half nichts. Als er es schließlich mit kräftigem Ziehen versuchte, ließ sich die Tür endlich langsam unter lautem Ächzen einen Spalt öffnen. Der Zwerg schlüpfte hindurch und fand sich in einem riesigen Saal wieder.

An hohen Wänden zogen sich mehrere Reihen von hölzernen Balkonen entlang. Diese Galerien waren durch schmale hölzerne Treppen verbunden. Roderichs Fackel beleuchtete nur kleine Bereiche des riesigen Raumes. Aber er kannte sich in diesem Bücherlabyrinth aus wie kein Zweiter und wusste sich zu orientieren. Zielstrebig steuerte er gerade auf ein Regal mit Werken zur nationalen Kunstgeschichte zu, als ihn ein leises Wispern, Rascheln und Tuscheln erschrecken ließ. Ganz deutlich spürte er auch, dass jemand ihn beobachtete, doch in der Dunkelheit war niemand zu erkennen.

»Mit Kobolden würde ich schon fertig werden«, dachte Roderich, um sich zu beruhigen. »Die würden mich vielleicht sogar für ihresgleichen halten. Gespenster sind weniger berechenbar. Wie soll man sie ansprechen, wie sie besänftigen, wenn sie mich an den Haaren ziehen, zwicken und beißen? Man lernt so vieles im Leben. Aber wie man sich Gespenstern gegenüber zu verhalten hat, bringt einem niemand bei. Was nützt mir nun mein ganzes Wissen über Heilkunde, Pharmazie und Pflanzenkunde? Was ist das nur für ein schreckliches Geknispere und Geknabbere? Kriechen vielleicht giftige Schlangen zwischen den Büchern umher und beißen mich, sobald ich nach einem greife?«

Plötzlich war Roderich, als hätte ihn etwas am Bein berührt. Er sah nach unten, aber da war nichts.

»Könnte ich nur besser sehen«, murmelte er vor sich hin. »Diese Dunkelheit macht mich ganz verrückt. Es muss furchtbar sein, seine Umgebung in Blindheit nur erahnen zu können«, dachte er bei sich.

Er nahm all seinen Mut zusammen und wagte ein paar Schritte. Auf der linken Seite musste nun bald die erste Treppe kommen. Er tastete sich weiter. Den vierten Aufgang hinauf, dann nach rechts ... Im fünften Regal auf der ersten Etage befand sich die Abteilung »Geographie der Welt«. Hier stand das Buch »Aronia und die Länder des Ostens«. Nur zwei Regale weiter musste »Die Geschichte Samarnas« stehen.

Das Abarbeiten seiner Bücherliste hatte Roderich ein wenig von seinen Ängsten abgelenkt. Endlich fand er eines der gewünschten Bücher und schlug es auf. Ihm blieb fast das Herz stehen: Sämtliche Seiten des Buches waren leer! Außerdem schien der gesamte Buchkörper durchbohrt worden zu sein. Er ging einige Schritte weiter und griff wahllos ein anderes Buch aus dem Regal, dann ein drittes, ein viertes. Überall bot sich ihm dasselbe Bild: Die Seiten waren gänzlich leer, Abbildungen und Text waren verschwunden. Alle untersuchten Bücher schienen wie das erste von einer dicken Nadel durchstoßen worden zu sein.

Roderich lief ein kalter Schauder über den Rücken. Hier war etwas Unheimliches im Gange. Galerie um Galerie stieg er nach oben und überprüfte die Bände, bis er schließlich bei den Werken der Lyrik ankam. Zu seiner großen Überraschung waren die Gedichte vollständig vorhanden. Roderich war erleichtert. Noch war nicht alles verloren. Aber ihm war klar: Hier sollte Wissen nicht nur unter Verschluss gehalten, sondern vernichtet werden.

Im schwachen Schein seiner Fackel sah er plötzlich einen Schatten über die Bücherwand huschen. Wieder raschelte und knisterte es. Roderich wurde eiskalt. Das unbekannte Wesen musste in seiner Nähe sein. Aber nein: Von einer anderen Galerie auf der gegenüberliegenden Seite des Saals kamen die gleichen Geräusche. Es gab also mehrere! Wahrscheinlich beobachteten sie ihn und machten sich über seine Angst lustig. Eine kurz aufflammende Wut darüber ließ ihn seine Furcht überwinden. Leise, aber bestimmt sagte er:

»Ich weiß, dass ihr hier seid. Ihr braucht keine Angst vor mir zu haben. Ich tue euch nichts!«

Sehr zu seinem Erstaunen tauchten auf einmal seltsame Gestalten ganz zaghaft aus dem Dunkel in den Dämmerschein der Fackel ein, als beträten sie eine Welt, die nicht die ihre war. Ihre Körper ähnelten großen Ratten. Das dichte Fell war lang, aber borstig. Unter einer niedrigen, fliehenden Stirn ragte eine lange Nase hervor, die sich an der Spitze leicht nach unten krümmte. Zwei winzige Äuglein ließen vermuten, dass den Wesen vieles verborgen blieb. Der Kopf war im Verhältnis zum Körper groß. Stachelige Barthaare standen unregelmäßig und wild rechts und links vom Kopf ab, sie dienten als Fühler. Auch dies war ein Hinweis darauf, dass sie vornehmlich im Schutze der Dunkelheit unterwegs waren. Unter der Nase ragte ein langer, nadelartig dünner und nach innen gebogener Schneidezahn heraus. Er konnte Urheber der vielen Löcher in den leeren Büchern gewesen sein.

Roderich bemerkte schnell, dass die Wesen ihn verstehen konnten. Vielleicht fürchteten sie sich ebenso vor ihm wie er vor ihnen. Dennoch hatte die Neugier sie aus ihren dunklen Verstecken getrieben. Nun versammelten sich allmählich immer mehr um ihn. Aus allen Richtungen kamen sie heran. Roderich wurde es flau im Magen. Wären sie ihm feindlich gesonnen, hätte er keine Chance. Deshalb fragte er bemüht freundlich: »Wer seid ihr denn, ihr lieben Wesen? Woher kommt ihr?«

Die Wesen tuschelten und redeten durcheinander, bis Roderich die Hand erhob und sagte: »Still, still, ich verstehe kein Wort. Vielleicht sollte nur einer von euch sprechen.«

In der ersten Reihe richtete sich eines der Wesen auf. Es wirkte fast possierlich, wäre da nicht der lange Rüssel mit dem bedrohlich spitzen Zahn gewesen. In dieser Haltung war das Tier ungefähr genauso groß wie Roderich.

»Wenn wir uns vorstellen dürfen: Wir gehören der Gattung *Acerbus tachyglossus aculeatus* an. In deiner Sprache bedeutet das etwa ›giftiger Ameisenigel‹. Wir wollen nichts Böses, wir suchen nur nach Nahrung.«

»Aber hier wächst weder Gras noch laufen Ameisen herum. Wovon wollt ihr euch also ernähren?«, fragte Roderich erstaunt.

»Wir fressen Buchstaben, wir fressen Wissen. Besonders mögen wir gute Geschichten, je länger, desto besser. Sonntags essen wir zum Nachtisch gern Gedichte. Wir sind immer dankbar, wenn wir Nahrung finden, und hier gibt es reichlich davon!« Roderich erschrak über diese Antwort, ließ sich aber nichts anmerken: »Dürfte ich euch dann vielleicht Buchstabenfresser nennen?«, fragte er. »Ich fürchte, euren richtigen Namen kann ich nicht aussprechen.«

»Ja, nur zu, das trifft den Kern der Sache, ohne zu beleidigen.«

»Wie seid ihr denn hierhergekommen?«, wollte Roderich wissen.

Der Buchstabenfresser antwortete: »Wir kommen weit aus dem Norden. Dort litten wir ständig Hunger. Es gab so gut wie keine Bücher. Die waren schnell aufgegessen. Wir hassen Völker ohne Schriften. Sie lassen uns verhungern. Ursprünglich lebten wir in den unterirdischen Höhlen und Gängen dieses Kontinents, dort, wo die Zwerge nach Gold und anderen Bodenschätzen schürfen. Ich glaube sogar, dir schon begegnet zu sein. Bist du nicht der Sohn des Zwergenkönigs im Norden? Du hast mich sicher nie gesehen, wir halten uns meist im Dunkeln auf. Deshalb sind wir den Menschen fremd. Als die Kultur der Zwerge unterging, wurden auch für uns die Zeiten hart.

Im letzten Sommer führte uns dann ein Schamane der nordischen Stämme zu einer schwarz gekleideten Dame. Sie kam hier aus Samarna und sagte, sie komme im Auftrag des Königs. Sie hat uns erzählt, hier gebe es reichlich Nahrung für uns. Es stehe uns frei, den Inhalt sämtlicher Bibliotheken des Landes zu vertilgen.«

Roderich war leichenblass geworden. Seine Vermutung hatte sich bewahrheitet. Die Gräfin Sinklau hatte sich diese Wesen zunutze gemacht, um Samarna zu vernichten, ihm für alle Zeit seine gesammelten Erfahrungen, sein gesamtes Wissen zu rauben. Sie plante, das Land in Finsternis zu stürzen. In seiner Gutgläubigkeit hatte König Aurel nicht begriffen, worum es ging.

»Gibt es denn nichts anderes, von dem ihr euch ernähren könntet?«, fragte Roderich verzweifelt.

Im Chor antworteten alle Buchstabenfresser: »Nein! Nichts da! Wir wollen Buchstaben, Buchstaben, Buchstaben, nichts als Buchstaben! Nichts schmeckt so gut! Nichts gibt uns mehr Kraft!«

Roderich ließ nicht locker. Es musste einfach eine Möglichkeit geben, die Wesen von den kostbaren Schriften fernzuhalten. »Aber was geschieht, wenn ihr alles Wissen dieser Welt gefressen habt? Die Vorräte auf diesem Planeten sind wahrlich beschränkt. Was esst

ihr, wenn alle Buchstaben aufgegessen sind? Dann wird euch eine schreckliche Hungersnot ereilen. Ihr solltet also vielleicht doch einmal darüber nachdenken, ob ihr nicht etwas anderes verspeisen könntet.«

Der Wortführer der Wesen, der noch immer aufrecht auf den Hinterbeinen stand, begann, leise vor sich hin zu murmeln, als sei ihm peinlich, was er nun zu sagen hatte. Dann gab er sich einen Ruck: »Früher«, fing er an, »vor langer Zeit, hat sich mein Volk vorwiegend von Honig ernährt. Wir aßen am allerliebsten Süßes. Lange lebten wir so glücklich und zufrieden, bis die Bienen beschlossen, ihre Honigvorräte gegen uns zu verteidigen. Wir wurden schrecklich gestochen, viele starben an ihrem Gift. Wir litten großen Hunger, bis wir schließlich lernten, unseren Giftzahn zu benutzen.«

Roderich war neugierig geworden. »Was habt ihr damit gemacht?«, fragte er.

»Eines Tages fand meine Frau ein Kinderbuch im Gras. Sie schlug es auf und sah sich die Bilder an. Dabei berührte sie das Papier mit ihrem Giftzahn und ritzte es ein. Sogleich lösten sich Buchstaben und Bilder von den Seiten. Die Schrift ließ sich mühelos aufsaugen. Einige der Bilder waren etwas schwer verdaulich, aber die Buchstaben mundeten köstlich. Von da an wussten wir, dass wir auch ohne Honig überleben konnten.«

»Ich werde dafür sorgen, dass ihr in Zukunft wieder reichlich Süßes zu essen bekommt«, stammelte Roderich aufgeregt. Er war sehr erleichtert. Da fiel ihm der Proviant wieder ein, den die gute Alma ihm in den Korb gepackt hatte.

»Ich habe zufällig etwas Passendes bei mir. Vielleicht möchtet ihr ja einmal kosten?«

Er griff in den Tragekorb und verteilte das Konfekt unter den Buchstabenfressern. Das war ein Schmatzen und Sabbern! Seit Langem hatte keiner von ihnen so viel Freude bei der Nahrungsaufnahme gehabt.

»Mehr, mehr!«, riefen sie im Chor, als alles aufgegessen war. »Wir wollen mehr! Wir sind noch längst nicht satt!«

»Ich habe euch schon alles gegeben, was ich hatte«, gab Roderich zu und entkorkte dabei die Flasche Wein. »Aber versucht doch auch einmal dieses Getränk. Vielleicht bringt es euch Freude!«

Die Buchstabenfresser ließen die Flasche umhergehen. Es dauerte nicht lange, bis einer nach dem anderen anfing zu kichern. Sie packten sich gegenseitig, hopsten und tanzten, dass es eine Freude war.

Roderich war unendlich froh, eine Lösung gefunden zu haben. Es war ihm nicht nur gelungen, die verbliebenen Bücher zu retten, sondern sich auch mit den Vertretern der seltenen und geheimen Art *Acerbus tachyglossus aculeatus* anzufreunden.

Gleich nach seiner Rückkehr von dem abenteuerlichen Ausflug in die Bibliothek leitete Roderich die Mission ›Buchstabenfreie Kost für Buchstabenfresser‹ in die Wege. Unzählige verschwiegene Helfer in der Palastküche und den königlichen Konditoreien wurden unter Almas und Königin Silenes Aufsicht eingespannt. Nachts wurden große Mengen Konfekt an die Bibliotheken im ganzen Land geliefert. Stets blieb Roderich in Verbindung mit dem Anführer. Nach einer Weile kamen die beiden zu dem Schluss, dass es Zeit für die Buchstabenfresser war, die Bibliotheken zu verlassen und sich einen neuen Lebensraum zu suchen. In der ungeheuren Artenvielfalt der Wälder Samarnas würde sich sicher auch für sie eine Nische finden. Um ihnen den Neuanfang leichter zu machen, ließ die Königin körbeweise Konfekt und Wein in die Wälder bringen. Ein starker Dessertwein schmeckte ihnen besonders. Aber sie mussten versprechen, den Rebensaft nur sonntags zu verkosten. Er hatte nämlich die Eigenschaft, einen zunächst ungeheuer lustig und anschließend unglaublich traurig zu machen.

Es dauerte nicht lange, bis alle Ameisenigel gelernt hatten, sich selbstständig und ohne fremde Hilfe zu ernähren. In freier Natur stellten sie außerdem fest, dass ein ausgiebiger Winterschlaf ihnen ungeahnte Kräfte verlieh. Sie vergaßen niemals, was Roderich für sie getan hatte, und versprachen, ihm zu helfen, wann immer er in Gefahr gerate. Zum Abschied überreichte der Anführer dem Zwerg eine kleine Pfeife, deren Ton sie auch über sehr große Entfernungen hören konnten.

Roderich war dankbar, hoffte aber, die Hilfe der freundlichen Wesen niemals zu benötigen. Zufrieden steckte er das Pfeifchen tief in eine der vielen kleinen Taschen in seinem Wams.

Vierzehntes Kapitel

Ein folgenschweres Spektakel

Zum Leidwesen der Königin hatte ihr Gatte, König Aurel, nach und nach alle Theater des Landes und zuletzt sogar das Palasttheater schließen lassen. Das kulturelle Leben in Samarna erlahmte, ein trüber, grauer Schleier der Langeweile legte sich auf das Land. Die Zufriedenheit in der Bevölkerung nahm stetig ab. Tagein, tagaus nur zu arbeiten ohne Aussicht auf Vergnügen, Abwechslung und Geistesnahrung, überforderte die Bevölkerung. Sie wollten Anregung, Unterhaltung, Bildung, Spiele.

Der König bemerkte nicht, wie es im Land rumorte. Königin Silene jedoch hatte früh gesehen, was König Aurel und die Gräfin von Sinklau anrichteten. Tag und Nacht überlegte sie, wie man die neuen Gesetze umgehen könne. Allabendlich saß die Königin dann mit Livia und Roderich bei Kerzenlicht im Stall und die drei beratschlagten, was getan werden könnte. Das Theaterverbot bezog sich auf erbaute Theater. Von Zelten war nirgends die Rede. Also beschloss Königin Silene, ein großes Zelt aus bunten Stoffen nähen und im Schlosspark aufstellen zu lassen. Dort konnten dann Schau- und Singspiele, Konzerte, Opern sowie artistische Darbietungen aufgeführt werden. Da sich die Gräfin von Sinklau wie jeden Sommer im Norden aufhielt und der König während ihrer Abwesenheit hauptsächlich träge und gleichgültig im Bett lag und auf die nächste Mahlzeit wartete, würde sich ihnen niemand in den Weg stellen.

Unter den Künstlern des Landes verbreitete sich schnell die Vision der Königin. Schauspieler, Sänger und andere Künstler strömten an den Königshof und unterstützten sie bei der Verwirklichung ihrer Idee. Silene persönlich beauftragte den größten Dichter des Landes, Anophis Postrum, damit, eigens für die Eröffnung des Zelttheaters ein Stück zu verfassen. Worum es in dem Theaterstück für die Eröffnung gehen sollte, wurde geheim gehalten. Als Kulisse war ein Teil der alten Schlossfassade nachempfunden worden. Auch einen Schlossgraben hatte man auf der Bühne ausgehoben und mit Wasser gefüllt. Das Publikum konnte die Premiere kaum erwarten.

Auch Prinz Laurus beteiligte sich eifrig an Königin Silenes Vorhaben. Er übte fleißig auf seiner Harfe, um den ausgehungerten Hofstaat mit seinem Spiel erfreuen zu können. In lauen Sommernächten spielte er häufig für Livia unter der alten Linde im Schlosshof. Er zupfte alte und neue Lieder und Livia sang dazu mit ihrer zarten, glockenklaren Stimme. Wer die beiden hörte, wurde von tiefer Zufriedenheit erfüllt. Selbst die alte Linde schien ihre langen Äste dem Himmel entgegenzustrecken und sich sanft zur Musik zu wiegen.

Auch in der Artistik entwickelten die Freunde großen Ehrgeiz. Nahezu täglich trainierte Roderich mit Zita neue Reitkunststücke und polierte ihre goldenen Hörner. Flavio und Livia ersannen zauberhafte Dressurfiguren, die zur Feier der Theatereröffnung ausnahmsweise ohne die schweren Hufeisen gezeigt werden sollten.

Im Hause Sperling war die Brutzeit zu Ende. Die Spatzenkinder waren wohl gediehen und mittlerweile flügge geworden. Nun besuchte häufig die ganze Familie Livia, Flavio, Zita, Alma und Königin Silene im Stall und veranstaltete ein solches Geschrei, dass es schwer war, sein eigenes Wort zu verstehen. Aber wenn Kuno, Kathi und die Kinder zu Gast waren, herrschte immer gute Laune.

Am Abend eines warmen Spätsommertags sollte endlich die große Eröffnung stattfinden. Das riesige Zelt war bis auf den letzten Platz besetzt. Die Menschen drängten sich so lange herein, bis keiner mehr hätte umfallen können. Trommeln und Fanfaren riefen zur Ruhe. Königin Silene saß eher bescheiden etwas seitlich auf einem nur wenig erhöhten Sessel. Neben ihr hatte der stumme Prinz Laurus mit seiner Harfe Platz genommen. Die Königin erhob sich und betrat unter feierlichen Klängen die große, mit den Fahnen des Landes geschmückte Bühne, um die Festspiele zu eröffnen. Unter dem Jubel des Publikums durchschnitt die Monarchin ein silbernes Band, das quer über die Bühne gespannt war. Das Spektakel konnte beginnen.

Der Vorhang hob sich. In goldenem Licht erschien vor den Augen des staunenden Publikums der Palast. Einige Fenster waren hell erleuchtet. Mit wohlklingender Stimme berichtete ein Erzähler in treffenden Versen von all den bedeutenden Ereignissen, welche das Schloss und seine Bewohner bereits erlebt hatten. Hingebungsvolle Schauspieler stellten die Geschichten szenisch dar. Lauten- und Harfenklänge begleiteten ihre ergreifenden

Dialoge. Der Verfasser Anophis Postrum besaß die seltene Gabe des zweiten Gesichts, wenn es um Vergangenes ging. In seinen Stücken konnte er so nie offenbarte Wahrheiten preisgeben. Er hatte sich diese neue, ungewohnte Form der Darstellung einfallen lassen, um dem Publikum neue Sichtweisen auf die Geschichte des Landes zu eröffnen. Gebannt beobachtete das Publikum die Szenen, die sich vor ihm in rascher Folge abspielten.

Es war Nacht. Alle Fenster des Bühnenpalastes waren verdunkelt, nur hinter zweien brannte Licht. Eines der Fenster wurde geöffnet und im Nachtgewand stieg, vom Mond gelockt, eine Dame hinaus, die in ihrer Silhouette deutlich an die Gräfin erinnerte. Dicht an die Wand gepresst entfernte sie sich Schritt für Schritt von ihrem Fenster. Bald gesellte sich ein junger Mann, offensichtlich Prinz Laurus, zu ihr aufs Gesims, um sie zu retten.

Ihm zugewandt säuselte die Dame: »Kommt mit mir, mein Prinz, zusammen können wir alles erreichen. In meinem Reich kann ich Euch jeden Wunsch erfüllen. Kommt mit in eine andere Welt, die nur uns beiden gehört. Dort werden wir leben und herrschen in ewigem Glück.«

Dann packte sie den jungen Mann am Handgelenk, ihre Stimme wurde bedrohlich: »Ich will Euch ganz allein für mich!«

»Lassen Sie mich los«, rief der Darsteller. »Nie im Leben werden wir zusammengehören. Lassen Sie uns umkehren und vergessen, was geschehen ist.«

Mit finsterem Blick antwortete die Dame: »Vergessen? Nein! Ich habe nichts zu verlieren. Meine Zeit ist um. Meine Jugend ist verflogen und meine Zukunft liegt in der Dunkelheit. Das Leben war nicht gerecht zu mir, dafür sollst du nun büßen.« Ein Handgemenge folgte, bei dem die Dame den Prinzen vom Gesims stieß. Die Bäume im Vordergrund des Bühnenbilds ließen den Sturz in die Tiefe erahnen.

Dem echten Prinz Laurus standen Schweißperlen auf der Stirn. Es war, als hätte er die schreckliche Nacht noch einmal durchlebt und endlich mit anderen geteilt. Der Prinz empfand eine ungewohnte Wärme in seiner Kehle. Unwillkürlich wendete er sich der Königin zu, legte die Hand unbemerkt auf die ihre und flüsterte noch etwas unbeholfen, aber verständlich: »Meine Stimme! Sie ist wieder da!«

Völlig überrascht blickte Silene ihn an. Dann flüsterte sie mit Tränen der Freude in den Augen: »Das ist ein Wunder! Meister Postrum hat ein Wunder vollbracht! Die Unglücksnacht noch einmal zu erleben, scheint dich endlich von ihren Schatten befreit zu haben.«

Nach der Pause wurde die königliche Hochzeit zwischen Aurel und Silene dargeboten: Auf der Bühne hatte der große Dom Gestalt angenommen. Zu Orgelklängen öffnete sich das Portal, der Hochzeitszug trat heraus und schritt dem Publikum entgegen. Ein langer Schleier umspielte die königliche Braut.

Königin Silene hatte nie erfahren, was am Tag ihrer Hochzeit mit ihrem Brautschleier geschehen war. Der Wind hatte ihn ihr vom Kopf geweht und er hatte sich in der großen Linde im Schlosshof verfangen. Am nächsten Morgen hatte ihn niemand mehr finden können. Sie war gespannt, ob das Schauspiel des hellsichtigen Dichters das Geheimnis lüften würde.

Da dröhnte plötzlich großer Lärm von draußen ins Zelt. Metall klirrte, Befehle wurden gerufen, Schritte von vielen Füßen ließen die Luft erbeben. Durch den Haupteingang des Zeltes marschierten im Gleichschritt bewaffnete Soldaten. Zunächst dachte das Publikum, dies sei Teil der Inszenierung. Doch dann bewegten sich die Männer zielstrebig auf die Königin zu. Silenes Leibgardisten zogen ihre Schwerter und stellten sich schützend vor ihre Königen. Sie erkannten die Gefahr. Es kam zum Kampf, der durch die Überzahl der eingedrungenen Soldaten schnell entschieden war. Entsetzt stürzte das Publikum aus dem Zelt. Prinz Laurus, Alma, Roderich und Livia versuchten noch, die Königin in Sicherheit zu bringen, doch schließlich mussten sie hilflos dabei zusehen, wie ihr Handfesseln angelegt und sie dicht umringt von den Bewaffneten abgeführt wurde.

Unerwartet war am Vormittag die Gräfin von ihrer jährlichen Sommerreise zurückgekehrt und natürlich hatte es nicht lange gedauert, bis sie das mächtige, bunte Zelt entdeckte. Sofort schwante ihr, was das zu bedeuten hatte. Königin Silene hatte listig das Theaterverbot unterwandert. Mit etwas Geschick konnte man das als Verrat auslegen. Es galt, den König davon zu überzeugen.

Aurel war nicht bereit gewesen, seine geliebte Gemahlin festnehmen zu lassen. Doch die Gräfin von Sinklau hatte nicht locker gelassen. Das Gesetz müsse für alle Bewohner Samarnas gleichermaßen gelten. Im Dienste der Gerechtigkeit dürfe man keine Ausnahme machen, noch nicht einmal für die Königin. Diesen Argumenten hatte König Aurel nichts entgegensetzen können. Zähneknirschend hatte er eingewilligt, seine Königin festnehmen und in ein finsteres Verließ werfen zu lassen.

In einer kalten, dunklen Zelle musste Silene der Wahrheit ins Gesicht sehen: Der Gräfin war es gelungen, sie aus dem Weg zu schaffen. Nun würde niemand mehr wagen, sich ihren Plänen zu widersetzen.

Im Stall saßen verzweifelt und ratlos ihre Freunde. Alma schnäuzte sich fortwährend in ihre weiße Schürze und jammerte: »Was soll denn nun aus uns werden? Wie soll das alles weitergehen? Womit haben wir das verdient?«

»Ach, Alma!«, seufzte Livia. »Ich fürchte, es gibt keine Antwort auf diese Fragen. Aber zu jammern und zu verzagen, hilft uns nicht weiter. Wir müssen gemeinsam einen Ausweg finden.«

Roderich versuchte, Livia und den anderen Mut zu machen. »Es gibt für alles einen Ausweg«, mimte er Zuversicht. »Manchmal wachsen wir an unseren Problemen.«

Während die anderen noch trübsinnig grübelten, konnte Prinz Laurus nicht tatenlos herumsitzen. Er nutzte seine wiedergewonnene Fähigkeit zu sprechen, um auf seinen zerknirschten, aber willensschwachen Bruder Aurel einzuwirken. Dieser willigte schließlich ein, seiner unschuldigen Gemahlin die Haft zu erleichtern: Er gestattete Alma, Silene einmal wöchentlich zu besuchen und mit Kleidung, Kerzen und besonderen Lebensmitteln zu versorgen.

Fünfzehntes Kapitel

Abgründe

Königin Silene wurde von allen schmerzlich vermisst. Um sich abzulenken, setzte Livia ihr Studium mithilfe der Bücher, die Roderich ihr besorgte, allein fort. Sie war eine eifrige, wissbegierige Studentin. Flavio wachte nach dem schlimmen Erlebnis noch aufmerksamer über das zarte Mädchen. Roderich hatte derweil stets ein wachsames Auge auf Zita. Er wusste, dass sie in ihrem Leben schon einiges hatte erdulden müssen. Aber bei den Freunden war die kaukasische Goldhornziege gut aufgehoben. Mit ihrem großen Herzen nahm Alma die Rolle einer fürsorglichen Ersatzmutter für alle ein. Kuno, der Sperling, sorgte dafür, dass Traurigkeit und Sorge nicht überhandnahmen. Er ließ sich nicht unterkriegen und hatte stets ein keckes Zwitschern parat, um die Freunde abzulenken. In Gedanken war aber auch er ohne Pause damit beschäftigt, einen Weg zu suchen, um Königin Silene zu helfen.

»Die Wachen in den Verließen sind gewiss arme Schlucker«, tschilpte er Livia eines Tages nachdenklich ins Ohr. »Nie findet sich in ihrer Nähe ein reizvoller Kuchenkrümel oder ein Stückchen frisches Brot. Vielleicht ließe sich ihr Mitleid mit der Königin durch ein paar Golddukaten steigern.«

Livia war begeistert. Das war die erste aussichtsreiche Idee seit Langem. Aber wo sollten sie das nötige Geld auftreiben? Sofort ergriff Roderich das Wort und erzählte den Freunden, wie er der Gräfin als Kräuterweiblein verkleidet auf dem Markt Arzneien gegen ihre Schmerzen verkauft und ihr so viel Geld abgenommen hatte.

»Die Freiheit unserer Königin ist mir jeden einzelnen dieser Golddukaten wert. Lasst es uns wenigstens versuchen. Außerdem wäre es eine besondere Kapriole des Schicksals, wenn wir die Königin mit dem Gold der Gräfin freikaufen könnten!«

Er versprach, einen Plan auszuhecken.

Zita war die Gefangennahme der Königin besonders auf den Magen geschlagen. Sie fraß kaum, wurde immer dünner und bot mit einem stumpfen Fell auch sonst ein Bild des Jammers. Jeden Tag begleitete Roderich die Ziege deshalb nach draußen auf eine saftige grüne Weide, wo das Tier den Tag unter dem heilenden Einfluss der Sonne verbrachte. Am Abend holte Roderich Zita wieder ab und brachte sie zurück in den Stall zu ihren Freunden.

Eines Abends war alles anders als sonst: Roderich konnte Zita nicht finden! Er suchte die weite Weide ab und rief nach ihr, aber das Tier war nirgends zu finden. Verlassen glühte die Wiese in den Farben der Abenddämmerung. Wo konnte sie nur sein? Zita war zu schlau, um in eine Grube oder einen Bach zu fallen. Roderich schwante Schlimmes. Ungehört hallten seine Rufe aus dem Wald zurück. Vielleicht war Zita unter ihrem Lieblingsbaum, einer hohen Birke oben auf dem Hügel, eingeschlafen. Der Zwerg eilte hin und entdeckte an den Stamm geheftet eine Nachricht:

Wir haben die Ziege.
Gegen ein Lösegeld von dreihundert Golddukaten bekommt ihr sie zurück!
Die Übergabe erfolgt in drei Tagen bei Sonnenuntergang an dieser Stelle.
Zahlt Ihr nicht, machen wir Ziegenbraten aus dem Tier!

»Erst nimmt man uns die Königin und jetzt auch noch unsere Zita. Was für ein Unglück!«, schluchzte Alma, als Roderich mit der schrecklichen Nachricht nach Hause gekommen war. »Wenn doch nur unsere Königin hier wäre, sie wüsste sicher Rat. Aber ich darf erst nächste Woche zu ihr. Dann ist es zu spät.«

Livia sagte: »Ich mache mir große Sorgen um Zita. Solchen Verbrechern ist alles zuzutrauen.«

»Komm, wir machen uns auf den Weg und suchen nach ihr«, wieherte aufgeregt Flavio. »Sie kann nicht weit sein. Und wenn wir sie finden, kehren wir in der Nacht zurück und befreien sie.«

»Vielleicht ließen sich ein paar königliche Soldaten anwerben, dann könnten wir uns wenigstens verteidigen«, überlegte Roderich. »Aber wir brauchen jeden Dukaten, um die Wachen der Königin zu bestechen. Um Zita auch noch auszulösen, reichen meine Ersparnisse nicht.«

»Lasst uns keine Zeit verlieren! Wir müssen uns alle auf die Suche machen. Wenn wir getrennt suchen, haben wir vielleicht Glück. Heute Abend treffen wir uns wieder.«

Am Hof sprachen sich die Neuigkeiten wie ein Lauffeuer herum. Als Prinz Laurus von Zitas Verschwinden erfuhr, eilte er sogleich in den Stall, um seinen Freunden beizustehen. Als er dort niemanden vorfand, erschrak er. Hoffentlich war ihnen nicht auch etwas zugestoßen. Ratlos setzte sich der Prinz mit seiner Harfe, die er stets bei sich trug, ins Heu und begann zu spielen. Bei Einbruch der Dunkelheit kehrten die Freunde einer nach dem anderen von ihrer Suche zurück.

»Wie wohl es tut, in schweren Stunden von herrlicher Musik getröstet zu werden, mein Prinz«, sagte Livia und glitt von Flavios Rücken.

»Ich bin sehr froh, euch zu sehen«, antwortete Laurus erleichtert. »Ich hatte schon die schlimmsten Befürchtungen, nach allem, was in letzter Zeit geschehen ist.«

»Wir haben nach Zita gesucht. Ich bin mit Flavio weit übers Land geritten, aber niemand will Zita gesehen haben. Wir haben auch fast alle Gehöfte der Umgebung aufgesucht, leider ohne Erfolg.«

Da kehrten auch Roderich und Alma zurück.

»Aus euren Gesichtern ist zu lesen, dass auch ihr keinen Erfolg hattet«, seufzte Livia.

Roderich nickte. »Ich habe so etwas schon einmal erlebt und kann es ein zweites Mal kaum ertragen«, sagte er leise. »Vor vielen Jahren wurde mein Großvater entführt. Niemand konnte uns einen Hinweis geben. Wir haben überall nach ihm gesucht. Meine gesamte Kindheit wurde davon überschattet. Aber wir haben ihn niemals wiedergesehen.«

Kuno kam durch den Stall gesegelt, landete auf Livias Schulter und flüsterte ihr ins Ohr:

»Was sitzt ihr hier untätig herum? Nichts ist schlimmer als Untätigkeit, wenn der Wind einem ins Gesicht bläst!«

»Wir haben den ganzen Tag nach Zita gesucht. Jetzt müssen wir unbedingt einen Ausweg finden. Die Zeit drängt. Uns bleiben nur noch zwei Tage, um Zitas Leben zu retten. Morgen suchen wir weiter.«

»Ich helfe euch! Und vielleicht fällt uns bis zum Morgengrauen noch irgendetwas ein«, tschilpte der Sperling.

Früh am Morgen, die Sonne stand erst knapp über dem Horizont, strömten die Freunde aus. Auch Prinz Laurus hatte sich zu ihnen gesellt. Jeder sollte in eine andere Richtung laufen, reiten oder fliegen. Kuno erhob sich von Livias Schulter und flatterte in Richtung Wald und zu der Weide, auf der Zita zuletzt gesehen worden war. Wendig und flink folgte er dem Bachlauf durch den immer dichter werdenden Wald. Er begegnete Eisvögeln, die blau glitzerten, als kämen sie aus einer anderen Welt. Sie nisteten am Wasser, an steilen Lehmufern. Endlos schlängelte sich das Gewässer nach Norden. Immer weiter zog es Kuno die Mäander des Baches entlang an sanften Erhebungen vorbei, durch Auenwälder und wilde, unberührte Gebiete. In den Sümpfen suchte man Menschen oder Ziegen vergeblich. Dahinter erhoben sich zunächst kleinere bewaldete Berge und schließlich die schroffen Hochmassive. Weit unten lag eine weite Ebene, auf der eine mächtige Tierherde weidete. Um zu sehen, um welche Tierart es sich handelte, verlangsamte Kuno seine Flügelschläge und verlor gleich an Höhe. Bald hatte er die Herde erreicht. Sie bestand aus Hunderten von Ziegen. Das Läuten ihrer Glocken erfüllte die Luft. Kuno fegte über der Herde hin und her, vor und zurück, auf der Suche nach einer schneeweißen Ziege. Am anderen Ende der Herde entdeckte er schließlich ein weißes Tier und schoss darauf zu. Erst im allerletzten Augenblick bemerkte er, dass dicht bei dem Tier ein Hirte stand, ein Gewehr im Anschlag. Schnell versuchte der kleine Vogel, an Höhe zu gewinnen und sich in weitem Bogen außer Gefahr zu bringen. Um ihn herum polterten ohrenbetäubend Schüsse, Bleikugeln zischten ihm um die Flügel. Die Geschosse schienen ihn überallhin zu verfolgen. In einiger Entfernung sah er Artgenossen von den Kugeln getroffen in die Tiefe stürzen. Kuno flog, so schnell er konnte.

Er wuchs über sich hinaus, schoss wie ein Blitz zurück dorthin, woher er gekommen war. Nach Hause, nur nach Hause! Nie hatte er sich mehr auf seinen gemütlichen Sitzplatz auf Livias Schulter gefreut.

Am Abend kamen die Freunde ermattet und traurig wieder im Stall zusammen. Roderich saß im Heu und blickte trübsinnig und stumm vor sich hin. Sein von Sorge zerfurchtes Gesicht war leichenblass, nur die rote Nase glänzte. Die kleinen Äuglein waren vom Weinen verschwollen. Es war ein Bild des Jammers. Um die Hand des Zwerges war eine dicke, blutdurchtränkte Binde gewickelt. Er schien große Schmerzen zu haben.

»Was ist denn nur mit deiner Hand geschehen?«, fragte Livia und trat näher. Sie entfernte den Verband und sagte: »Das sieht ja furchtbar aus.«

»Ich fürchte, der Mittelfinger ist nicht mehr zu retten, total zerquetscht.«

Entsetzt flog Kuno beim Anblick der Wunde ins Dachgebälk und steckte den Kopf unter die Flügel.

Livia nahm Roderichs verletzte Hand in die ihren, schloss die Augen und atmete tief und gleichmäßig. Roderichs Jammern hörte auf. Es wurde ganz still im Raum. Nach einer Weile gab Livia Roderichs Hand frei. Die Freunde staunten, sie konnten es nicht glauben. Die Wunde hatte sich geschlossen, der Finger war geheilt.

Roderich fiel Livia um den Hals: »Das ist ein Wunder! Meine Schmerzen sind wie weggeblasen und ich kann die Hand bewegen wie zuvor. Wie hast du das gemacht?«

»Ich verstehe deine Neugierde, aber dieses Geheimnis muss ich für mich behalten. Vielleicht möchtest du uns erzählen, welches Unglück dir widerfahren ist. Ich bin etwas erschöpft und muss mich ausruhen.«

Livia legte sich ins frische Heu, dann begann Roderich zu erzählen: »Ich bin weit und immer weiter bis ans Ende des Parks gelaufen. Dort, wo ihn die wilde Natur in sich aufzunehmen scheint, erheben sich ein paar steile Felsen. In eine dieser Steinwände wurde vor langer Zeit eine Öffnung gehauen, es war der Eingang zu einem mächtigen Stollen unter der Erde. Früher muss er reich an Bodenschätzen gewesen sein. Mein Großvater hatte einst die Schürfrechte dafür von Kaiser Agnus erhalten. Später wurde der Zugang mit einer schweren Eisentür verschlossen, damit sich niemand in dem unendlichen Felsenlabyrinth verlaufen könnte. Diese Tür ist der einzige Weg in das Innere des Berges.

Als ich heute an der Tür vorbeikam, entdeckte ich, dass sie offenstand. Nie zuvor hatte sich mir die Möglichkeit geboten, den Stollen zu betreten. Meine Neugier war nicht zu bändigen. In einer Nische im Fels saß dicht daneben ein altes Weiblein und wärmte sich an einem kleinen Feuer. Ich trat heran und erklärte ihr, ich müsse in den Stollen, um etwas zu suchen, ob sie so freundlich sein könne, mir zwei brennende Holzscheite zu geben, damit ich in den finsteren Gängen Licht hätte.

Ich sei entweder sehr mutig oder sehr dumm, murmelte die Alte vor sich hin. Keine zehn Pferde brächten sie in diese Höhle. Als ich es genauer wissen wollte, schlug sie die Hände vors Gesicht und zischte: ›Es gibt zu viel Schlechtes auf dieser Welt!‹ Dann reichte sie mir die brennenden Holzscheite und fügte hinzu: ›Aber tu, was du nicht lassen kannst!‹

Kalte Schauder jagten mir über den Rücken, als ich die Höhle betrat. Nie zuvor war ich an einem so unheimlichen Ort gewesen. Gleichzeitig schämte ich mich. Waren nicht die verborgenen Kammern tief unter der Erde die Heimat meiner Vorväter, ihr natürlicher Lebensraum? Wie war es nur möglich, dass ich mich so fürchtete?

Ich war noch nicht weit in den Stollen hineingegangen, als ich hinter mir Schritte hörte. Erschrocken drehte ich mich um und sah die Alte. In der Hand schwenkte sie einen Schlüsselbund. Ohne Schlüssel käme ich niemals ans Ziel, raunte sie. Verwirrt nahm ich den Schlüsselbund an mich. Er war ungewöhnlich schwer. Aber vielleicht hatte man Zita hinter einer der vielen Türen eingesperrt und der Schlüsselbund würde mir helfen, sie zu befreien. Ich wollte gerade weitergehen, als die Alte mir hinterherrief: ›Alle Türen darfst du öffnen. Nur die eine, die letzte aus purem Gold, ist nicht für dich bestimmt. Diese muss verschlossen bleiben, komme, was wolle.‹ Mit diesen Worten ließ mich das unheimliche Weiblein stehen.

Ich machte mich auf den beschwerlichen Weg durch lange Gänge und schwarze Höhlen. Einem hohlen Zahn glich der Fels. Ich betrat viele Räume. Sie waren meist groß und hoch und so edel ausgestattet, als seien Fürsten darin zu Hause. Überall funkelten Edelsteine im Schein der Fackeln, goldene Möbel füllten die Kammern, in denen vielleicht in vergangenen Zeiten Prinzessinnen gehaust hatten. Der Prunk wirkte schwer und beklemmend. Schnell kämpfte ich mich über steile, gewendelte Treppen nach oben. Dort fiel das Atmen leichter. Endlich, nach unzähligen Zimmern und Kammern, die ich öffnete und gleich wieder verschloss, gelangte ich in einen schmalen, langen Korridor. Weit hinten glänzte fast unscheinbar eine kleine, goldene Tür. Mit pochendem Herzen stand ich davor. Hinter dieser Tür sollte also ein Geheimnis verborgen sein, das nicht für mich bestimmt war? Wollte mich jemand auf die Probe stellen? Befand sich etwa Zita hinter der Tür? Ich rief nach ihr, bekam aber keine auf Antwort. Meine Stimme hallte nur vielfach unheimlich verzerrt in den langen Gängen wider. Eine Antwort bekam ich nicht.

Es half nichts, ich musste herausfinden, was sich hinter der verbotenen Tür verbarg. Mit zitternder Hand schob ich den schweren goldenen Schlüssel in das Schloss. Wie von selbst sprang die Tür auf. Das schlechte Gewissen, ungehorsam gewesen zu sein, verursachte mir wildes Herzklopfen. Plötzlich stand wie aus dem Nichts wieder das alte Weiblein vor mir, nur war es jetzt nicht mehr alt, sondern jung und von strahlender Schönheit. Mit sanftem Blick lotste sie mich durch einen Torbogen weiter in einen stockfinsteren Raum. Ich hörte eine Uhr ticken und dann zwölfmal schlagen. Ich spürte, wie sich mein Geist vernebelte. Traum und Wirklichkeit verschwammen. Der Boden unter mir schien Wellen zu schlagen. Ich folgte der Schönen in der Hoffnung, wieder festen Boden unter die Füße zu bekommen.

Fünfzehntes Kapitel

Ein gleißender Blitz erhellte den Raum für einen kurzen Augenblick und ließ mich dann in noch vollkommenerer Dunkelheit zurück. Es wurde ganz still um mich. Meine Sinne klärten und verschärften sich. Aus der Dunkelheit löste sich eine Gestalt. Ich erkannte das Gesicht meines vermissten Großvaters. Ich konnte ihn fühlen, fassen. Er saß an einem Tisch. Sein Bart war mit dem Tisch verwachsen, die Krause um seinen Hals, die Brust, alles schien aus Stein gemeißelt. Der Anblick ließ auch mich erstarren. Ich hatte meinen geliebten Großvater wiedergefunden.

›Mein Roderich‹, sprach er mich an, ›wie kommst du hierher? Du gehörst nicht an diesen Ort. Hier bist du unter den Toten. Kehr zurück zu den Lebenden, ehe es zu spät ist.‹

Plötzlich ertönte eine Stimme wie das Grollen von Donner. Als mächtiger Schatten huschte das alte Weib schlangengleich die Höhlenwände entlang. Außer sich vor Zorn schrie es meinen Großvater an:

›Das wirst du mir büßen, du alter Narr! Der Zwerg gehört mir, wie kannst du es wagen, ihn mir zu nehmen?‹

Nie zuvor habe ich mich so gefürchtet. Aber ich nahm das bisschen Mut, das mir geblieben war, zusammen, und brüllte durch das schreckliche Tosen: ›Komm mit mir, Großvater! Wir müssen jetzt gehen.‹

›Es ist zu spät, mein Kind‹, seufzte er mit ersterbender Stimme. ›Zu lange habe ich hier gewartet. Flieh! Flieh, so schnell du kannst. Dich soll nicht dasselbe Schicksal ereilen. Flieh, mein Kind, flieh!‹

Das waren seine letzten Worte. Ich sah, wie die Gestalt meines Großvaters überall feine Risse bekam und dann wie graue Asche in sich zusammenfiel.

Ich rannte um mein Leben den Weg zurück durch die Dunkelheit. Mein Körper war schwer wie Blei, ich kam kaum vom Fleck. Der schreckliche Dämon in Gestalt der Alten hatte mich schon fast eingeholt. Ich nahm all meine Kraft zusammen, um die Tür zu erreichen, aber kurz vor dem Ziel bekam sie mich mit ihren langen, knochigen Fingern zu fassen. Mein kleiner Wuchs rettete mir das Leben. Durch eine flinke Drehung konnte ich mich aus ihren Klauen befreien und huschte schnell wie eine Ratte unter ihrem Rock zwischen ihren Beinen hindurch. Ich erreichte den Ausgang und drückte mich durch den engen Spalt. Doch bevor ich meine Hand aus der Öffnung ziehen konnte, drückte das Weibstück mit unmenschlicher Kraft von innen gegen die Tür. Ein höllischer Schmerz durchfuhr mich, meine rechte Hand war eingeklemmt. Mit letzter Kraft konnte ich sie befreien, dann schlug die Tür krachend zu. Dahinter erschallte ein entsetzliches, kaltes Lachen. Es ließ mich erschaudern.

Dasselbe Gelächter, das einem das Blut in den Adern gefrieren ließ, hatte ich schon einmal gehört. Vor langer Zeit ereignete sich bei einem Feuerwerk im Park ein Unglück, bei dem Prinz Aurel, der heutige König, verletzt wurde. Seine Brandnarben sind bis heute zu sehen. Auf dem Höhepunkt der Verwüstung gellte damals plötzlich ein furchtbares, unmenschliches Lachen durch den Park. Es war dasjenige der Gräfin.«

Sechzehntes Kapitel

Ziegenrettung

In dieser Nacht konnte Roderich nur schwer in den Schlaf finden, und als ihn die Erschöpfung übermannte, schüttelten ihn wilde Träume. Am nächsten Morgen trat er mit ernstem Gesicht an Livias Bett und sagte: »Es hat keinen Zweck, weiter nach Zita zu suchen. Heute Nacht hat mich mein Großvater im Traum besucht und mir einen kühnen Plan eingeflüstert – die List eines gerissenen Zwerges. Ich finde, wir sollten es wagen. Was haben wir schon zu verlieren? Wenn wir sofort handeln, könnten wir Zita vielleicht retten.«

Neugierig steckte Alma den Kopf in den Raum: »Geht es um Zita? Gibt es etwas Neues?«, fragte sie hoffnungsvoll.

»Nein, Alma, tut mir leid«, musste Roderich sie enttäuschen. »Es gibt nichts Neues. Aber wir haben eine Aufgabe für dich. Könntest du bitte zum Vergolder laufen und ihm sagen, wir hätten noch heute einen wichtigen Auftrag für ihn? Ich gehe auf den Markt, um etwas zu besorgen. Livia, würdest du mit Flavio zu Zitas Birke reiten, wo die Übergabe stattfinden soll, und dort eine Nachricht hinterlegen, die ich bereits vorbereitet habe?«

Er reichte Livia ein Stück Papier. Darauf stand geschrieben:

»Wir werden alles versuchen, um die geforderte Summe aufzutreiben. Um sicherzustellen, dass unsere Ziege wohlauf ist, müssen wir aber darauf bestehen, das Tier heute Abend in Augenschein zu nehmen. Ist ihr Gesundheitszustand befriedigend, kann morgen kurz nach Sonnenuntergang die Übergabe des Lösegelds erfolgen.«

Roderich machte sich auf den Weg zum Markt. Im Menschengewimmel wurde die Erinnerung an seine Zeit als Kräuterweiblein wieder wach. Damals hatte er der hinkenden Gräfin seine Arznei verkauft. Würde die Gräfin Sinklau auch nur ahnen, was er mit der Überempfindlichkeit ihrer Nase zu tun hatte, ihre Rache wäre fürchterlich. Andererseits hatte die Dame weit schlimmere Strafen für ihre Untaten verdient als nur einen übersteigerten Geruchssinn. Sehr wahrscheinlich hatte sie auch bei Zitas Entführung ihre Hände im Spiel. All das ging Roderich durch den Kopf, während er sich über den Viehmarkt schob. Er suchte eine Ziege und fand nach langem Suchen ein geeignetes Tier. Nach getaner Arbeit wollte er ihm die Freiheit schenken. Selbstbewusst trabte das schöne weiße Tier neben Roderich her zurück zum Palast. Dort angekommen, drückte der Zwerg Alma das Seil, mit dem er die Ziege geführt hatte, in die Hand und sagte:

»Lauf gleich mit ihr zum Vergolder. Er soll ihr die Hörner vergolden und polieren.«

Alma gehorchte, auch wenn sie nicht ganz verstand, was Roderich mit diesem seltsamen Auftrag bezweckte.

Als Alma mit der Ziege zurückkehrte, trauten die anderen ihren Augen kaum: Mit den frisch vergoldeten Hörnern war das Tier kaum von Zita zu unterscheiden. Livia wandte sich der inzwischen etwas verwirrten Ziege zu: »Wir brauchen dringend deine Hilfe. Böse Menschen haben unsere Freundin Zita entführt. Sie ist eine Ziege wie du, und mit deinen neuen goldenen Hörnern gleichst du ihr exakt. Wir möchten versuchen, euch in der Dämmerung gegeneinander auszutauschen, ohne dass die Entführer es bemerken. Wir werden dir ein Seil um den Hals legen, wie Zita es trägt. Das werden wir so bearbeiten, dass du es leicht durchreißen kannst. Wenn dich die Bösewichte durch den Wald wegführen, reißt du den Strick durch und schlägst dich sofort ins dichte Unterholz. Verstecke dich dort, bis die Schurken die Suche aufgegeben haben. Durch den Wald fließt ein Bach mit sandigen Ufern. Wetze deine Hörner in diesem Sand ab, um sie von dem verräterischen Gold zu befreien, dann bist du sicher. Die Räuber werden nach einer Ziege mit goldenen Hörnern suchen. Danach bist du frei. Aber lass dich nicht einfangen. Manchen Menschen ist nicht zu trauen!«

Die Ziege hatte Livia aufmerksam zugehört und verstanden. Sie war gewillt, ihre Rolle in dem riskanten Spiel zu übernehmen, um ihre Artgenossin zu retten.

Sechzehntes Kapitel

Am Abend machten sich die Freunde kurz vor Sonnenuntergang bereit für das Treffen mit Zitas Entführern. Livia hatte Flavio eine der Elfendecken übergeworfen, die bei ihrer Entdeckung im Schlosshof in einem der Körbe gelegen hatte. Sie hing auf beiden Seiten des Pferdekörpers bis zum Boden. Das Tuch hatte die Eigenschaft, alles, was sich darunter befand, praktisch unsichtbar zu machen, denn es passte sich in Farben und Mustern perfekt seiner Umgebung an. Die Ziege mit den falschen Goldhörnern wurde nun unter Flavios Rumpf geschoben. Dort lief sie im Gleichschritt mit ihm mit. Livia, Roderich und Alma setzten sich etwa zwei Schritte vor den unsichtbaren Tieren in Bewegung. An Zitas Birke angekommen, warteten die Freunde geduldig. Der Brief war verschwunden, wahrscheinlich hatten die Räuber die Botschaft also erhalten.

»Je später die Schurken kommen, umso besser«, flüsterte Livia. »Die Dunkelheit ist unsere Verbündete. Wenn die Konturen verschwimmen, wird es leichter, Zita unbemerkt auszutauschen.«

Wie gebannt starrten die Freunde auf den Waldrand. Von dort mussten die Entführer kommen. Reglos stand die alte Birke mit ihrem weißen Stamm in der windlosen Dämmerung. Die Anspannung stieg ins Unerträgliche.

»Wann kommen diese Verbrecher endlich? Die lassen uns gewiss absichtlich zappeln«, flüsterte Roderich.

»Das ist bereits mein fünfter Rosenkranz«, murmelte Alma völlig aufgelöst.

»Na, dann kann ja nichts mehr schiefgehen!«, zischte Roderich die gute Alma an.

»Seid doch still«, mahnte Livia. »Vielleicht sind sie längst in der Nähe und belauschen uns. Egal, was geschieht, wir müssen auf jeden Fall zusammenbleiben. Ach, wär doch nur schon alles vorüber!«

Die Sonne hatte ihre letzten Strahlen mit sich hinter den Horizont gezogen. Es wurde kühl, rund um die Birke stiegen Nebelschwaden aus der feuchten Wiese. Es raschelte, und als seien sie mit dem Dunst aus dem Boden gewachsen, umringten plötzlich gebückte Gestalten die Freunde wie dunkle Schatten. Livia, Roderich und Alma überkam Furcht. Flavio und die Ziege unter seinem Bauch verhielten sich ruhig. Durch das Tuch verborgen, konnte niemand sie in der Finsternis ausmachen. Alma umklammerte ihren Rosenkranz und drückte sich dicht an Flavio Seite. Die Unholde waren mit Speeren und Schwertern bewaffnet. Sie trugen schwarze Ledermasken, sodass die Gesichter nicht zu erkennen waren. Dann trat eine Gruppe von dunklen Reitern auf schweren Rössern aus dem Wald.

Livia nahm all ihren Mut zusammen und sagte mit klarer, fester Stimme: »Wir sind hergekommen, um die kaukasische Goldhornziege in Augenschein zu nehmen. Ist die Ziege wohlauf, werden wir morgen das Lösegeld bezahlen.«

Der schwarze Tross blieb stumm. Plötzlich trat zwischen zwei Rappen Zita aus der Dunkelheit. Ihr weißes Fell strahlte und hob sich fast geisterhaft von den Silhouetten der dunklen Krieger und ihren Pferde ab. Livia tat einen Schritt auf die Ziege zu, gleichzeitig bewegte sich Zita langsam in ihre Richtung. Als Zita bei Alma angelangt war, schubste diese die Ziege mit einen kühnen Hüftschwung unter die Decke und Flavios Leib. Im gleichen Augenblick erschien auf Flavios anderer Seite die falsche Ziege, als habe Zita einfach einen Bogen um Alma und Roderich gemacht.

Livia fasste die gefälschte Goldhornziege am Strick und sagte gefasst:

»Gut, das Tier scheint keinen Schaden genommen zu haben. Morgen werden wir zur gleichen Zeit mit den geforderten dreihundert Golddukaten hierher zurückkehren, um sie auszulösen.«

Mit diesen Worten schob sie das Tier zu den schwarzen Gestalten hinüber. Ganz langsam drehten Livia und ihre Freunde sich um und traten den Heimweg an, ohne auch nur tief einzuatmen.

Erst als die schwarzen Männer wieder im Wald verschwunden und nicht mehr zu hören waren, wagten sie, Zita aus ihrem Versteck zu befreien. Die war noch völlig verdutzt über ihre unerwartete Rettung.

»Es waren schreckliche Tage«, meckerte sie vor sich hin. »Diese Männer sind grob und beschränkt. In ein dunkles, kaltes Verlies haben sie mich gesteckt. Ich konnte mich noch nicht einmal hinlegen, unaufhörlich belästigten mich Ratten. Ich freue mich schon sehr auf einen warmen Schlafplatz im Stroh. Wie bin ich froh, dass ihr mich aus den Fängen dieser Ungeheuer gerettet habt. Und das alles nur wegen meiner goldenen Hörner! Am Golde hängt, zum Golde drängt doch alles!«

»Nun wollen wir hoffen, dass auch deiner hilfsbereiten Artgenossin die Flucht gelungen ist«, seufzte Roderich, erleichtert über den geglückten Plan. »Natürlich denkt das Lumpengesindel, Zita sei ihnen davongelaufen. Und so soll es auch bleiben. Wir haben Glück gehabt. Vielen Dank, Alma, offenbar haben deine Rosenkranzgebete geholfen!«

»Könnte es nicht sein, dass die Gräfin hinter diesem Komplott steckt?«, fragte Livia nachdenklich. »Sie darf nicht erfahren, dass Zita wieder zu Hause ist. Niemand soll es wissen. Wir malen Zitas Goldhörner braun an und machen ihr schwarze Flecken ins Fell. Wir

dürfen niemandem trauen. Alle sollen glauben, wir hätten eine ganz gewöhnliche Ziege auf dem Markt gekauft. Außerdem werde ich morgen mit Flavio in den Wald reiten, um nach der freundlichen Ziege zu suchen. Ohne sie wäre die Sache schlimm ausgegangen.«

Ein fröhliches Tschilpen erfüllte den Stall: »Was sehen meine runden Vogelaugen?«, zwitscherte Kuno. »Hurra, hurra, unsere Zita ist wieder da! Wie ich mich freue! Lass dich ansehen, meine Liebe. Du bist ein bisschen abgemagert. Und müde siehst du aus. Wie ist es dir ergangen?«

»Mein lieber Kuno«, antwortete Zita matt, aber glücklich, »lass uns über schönere Dinge reden. Im nächsten Leben komme ich mit Flügeln auf die Welt. Es ist so viel leichter davonzufliegen als davonzulaufen. Ich bin dankbar und glücklich, dass ihr mich gesucht und gerettet habt. Ohne meine Freunde wäre ich wohl auf der Schlachtbank gelandet.«

Die Sonne sendete ihre ersten Strahlen in die Morgendämmerung. Aus den Bäumen drang das Singen der Vögel. Morgentau funkelte auf Blättern und Gräsern. Livia und Flavio durchquerten den Schlosspark. Über eine schmale Steinbrücke führte ein Pfad zum Hügel mit der alten Birke. Die Schönheit des neuen Tages ließ die düsteren Erinnerungen an den Abend zuvor verblassen. Über Zitas Weide hinweg flogen die beiden in den Wald.

»Die Ziege kann nicht weit sein, falls ihr die Flucht gelungen ist«, dachte Livia. Sie überließ sich und die Wahl des Weges Flavios untrüglichem Instinkt. Oft schon hatte Flavios innere Stimme ihnen die Richtung gewiesen. Bald wurde es dunkler. Große Bäume verwoben ihre mächtigen, dichten Kronen ineinander zu einem grünen Gewölbe, als wollten sie den Dom in Samarnas Hauptstadt in den Schatten stellen. Endlich kreuzten sie eine Spur. Erst kürzlich hatten viele Pferde in der feuchten Walderde ihre Hufabdrücke hinterlassen. Die Spuren waren frisch von dieser Nacht. Offenbar hatte die schwarze Horde die Ziege in wilder Jagd verfolgt, nachdem die sich losgerissen hatte. Das gehörnte Tier musste um sein Leben gerannt sein. Die Luft war noch jetzt erfüllt von seiner Furcht.

Flavio hatte die Witterung der Ziege aufgenommen und folgte ihr. Auf einer lichten Anhöhe verlangsamte er seinen Gang und senkte seine Nüstern auf den Waldboden. Livia ließ ihren Blick wandern und erschrak. Einige der Sträucher waren von Blut befleckt. Sie stieg vom Pferd. Das Blut war frisch, noch nicht geronnen. Livia folgte der blutigen Spur. Sie führte zu einer umgestürzten Tanne, aus deren Schatten der schwere Atem eines sterbenden Tieres zu hören war. Flavio hatte die Ziege schnell entdeckt. Das Tier kämpfte mit dem Tod, aus einer großen Wunde pulste Blut. Jemand musste mit einer Lanze auf sie eingestochen haben. Verzweifelt und hilflos blickte die Ziege Livia an. Livia setzte sich neben das schwer verletzte Tier und bettete seinen Kopf auf ihren Schoss. Dann beugte sie sich über die Ziege. Es wurde still im Wald. Die Vögel verstummten. Der Wind hielt inne. Kein Blatt bewegte sich. Ziehende Wolken blieben stehen. Der plätschernde Bach schwieg. Wie lange diese fast unheimliche Stille währte, lässt sich nicht sagen. Es schien, als geschehe etwas Rätselhaftes, der Zeit Entrücktes. Das Tier entspannte sich, sein Atem wurde ruhig. Die Blutung versiegte, die tiefe Wunde zwischen Schulter und Brustkorb schloss sich. Von neuem Leben erfüllt, kam die Ziege auf die Beine. Livia fiel, wo sie lag, in einen tiefen Schlaf. Von Flavio und der Ziege bewacht, konnte sie langsam ihre Kräfte zurückerlangen.

Als sie wieder erwachte, erzählte die Ziege Livia, was geschehen war. Als sie versucht hatte, in den Wald zu entfliehen, hatten die Verbrecher sie erbarmungslos verfolgt. Nach langer, erbitterter Jagd hatte einer der finsteren Kerle sie schließlich mit einer Lanze getroffen. Mit letzter Kraft hatte sie sich ins Unterholz geschleppt, wo Flavio und Livia sie gerade noch rechtzeitig gefunden hatten.

Glücklich verabschiedeten sich die drei. Livia und Flavio gingen gemeinsam zurück zum Schloss, die Ziege lief einem Leben in Freiheit entgegen.

Siebzehntes Kapitel

Taten statt Worte

Samarna verblasste. Bekommen Bäume und Blumen kein Wasser, können sie sich nicht entwickeln, die Natur verödet und verwandelt sich in eine Wüste. Was für Pflanzen das Wasser, ist für den menschlichen Geist die Fantasie. Sie sorgt für Vielfalt und Abwechslung. Sie erfindet Geschichten, sie malt Bilder. Die Fantasie lässt Klangteppiche entstehen und erbaut bunte, abwechslungsreiche Städte. Sie bereichert das Leben. Mit unserer Fantasie verändern wir die Welt und erschaffen etwas neues. Wird die Fantasie in Ketten gelegt, greift Langeweile um sich. Das Leben wird monoton und grau. Aus Samarna war die Fantasie verbannt worden. Bilder und Geschichten, Theater, Musik und Tanz hatten dort keinen Platz mehr. Die neuen Gesetze der Gräfin zeigten ihre Wirkung. Die Bevölkerung arbeitete nur noch für das Lebensnotwendige.

Im Norden des Landes breitete sich Unruhe aus. Die Furcht vor den Völkern des Nordens wuchs. Diese drängten weiter in den Süden. Den Rachepänen der Gräfin spielten diese Ereignisse in die Hände. Die Gräfin von Sinklau hatte die Führer der Nordvölker im Umgang mit Sprengstoffen unterwiesen. Durch ihre Experimente mit dem damaligen Kronprinzen Aurel hatte sie sich reiche Kenntnisse auf diesem Gebiet angeeignet. Die Anführer der nördlichen Horden waren gelehrige Schüler und verbreiteten ihr Wissen eifrig.

In Samarna dachte niemand an Verrat. König Aurel war felsenfest davon überzeugt, in der Gräfin eine treue Freundin und Beraterin an seiner Seite zu haben, die ihm die Bürde seiner Pflichten erleichterte.

Die Gräfin von Sinklau lehnte sich in ihren düsteren, geruchsbefreiten Gemächern in einem weichen Sessel zurück. Sie schloss die Augen und war zufrieden mit sich und allem, was sie erreicht hatte. Ja, sie hatte Rückschläge hinnehmen müssen, doch alles in allem waren ihre Pläne prächtig gediehen. König Aurel fraß ihr aus der Hand, Königin Silene darbte im Kerker. Nun konnte ihr nur noch ein Mitglied des Königshauses gefährlich werden. Prinz Laurus hatte ihren Mordanschlag überlebt. Livia hatte seine Lähmung geheilt. Nun kehrte die Erinnerung an diese Unglücksnacht zurück. Das war ein Risiko, das die Gräfin um jeden Preis aus dem Weg räumen musste. Als Komplize der Königin war Laurus zwar aller Ämter und Besitztümer enthoben worden, aber er war immer noch der Bruder des Königs und Erbe des Throns.

Wie jeden Morgen trug Alma das Frühstück aus der Schlossküche über den Hof in den Stall. Auch Roderich hatte sich dort eingefunden und wartete bereits hungrig. Kuno flatterte freudig durch die Gewölbe, während Livia ihr blondes Haar zu kunstvollen Gebilden flocht. Zita scharrte ungeduldig mit den Hufen. Seit ihrer Entführung brachte Alma ihr jeden Morgen eine besondere Leckerei mit, einmal war es ein Stück Marzipan, ein anderes ein Schälchen Grießbrei mit Zimt und Zucker. Anders als sonst war Alma an diesem Morgen sehr schweigsam und wischte sich immer wieder mit der Schürze die Augen.

»Ich mache mir große Sorgen«, seufzte sie schließlich. »Gestern habe ich ihre Majestät im Gefängnis besucht. Es geht ihr nicht gut. Die Königin hat hohes Fieber. Ihr Lebenswille scheint gebrochen. Ich habe alles versucht, sie aufzuheitern, aber nichts hat geholfen.«

»Vielleicht lag es an deinen Witzen«, versuchte Roderich die gedrückte Stimmung zu heben.

»Still jetzt, Roderich. Das ist der falsche Zeitpunkt für Scherze. Uns muss endlich einfallen, wie wir Königin Silene aus ihrem Kerker befreien können.« Es wurde still in der Runde, niemand sagte ein Wort.

Die große Stalltür öffnete sich und Prinz Laurus trat ein, um sein Pferd zu versorgen.

»Welche Laus ist euch denn am frühen Morgen über die Leber gelaufen«, fragte er, als er die trübsinnige Gesellschaft erblickte.

»Ach, Prinz Laurus«, brach die Sorge aus Alma heraus. »Königin Silene ist sehr krank, es geht ihr gar nicht gut. Wir überlegen, was zu tun ist.«

»Wir müssen sie aus dem Kerker holen«, sagte Prinz Laurus sofort. »Ich weiß, das ist leichter gesagt als getan, aber wir müssen es wenigstens versuchen. In diesem feuchten Loch kann sie nicht genesen. Wir müssten irgendwie an den Zellenschlüssel kommen. Aber wie sollten wir das anstellen?«

Alma stemmte die Hände in die Hüften, richtete sich ganz gerade auf und prustete, plötzlich nicht mehr so niedergeschlagen: »Es wäre doch gelacht, wenn ich nicht mit einem Haufen einfältiger Mannsbilder fertig würde. Die Wachen sitzen abends oft in der Gesindeküche. Ich könnte ihnen schöne Augen machen. Ich brauche nur einen Krug Wein, dann finde ich schon heraus, welcher die Zelle der Königin bewacht. Er ist gewiss stolz auf seine ehrenvolle Aufgabe und wird früher oder später vor mir damit prahlen. Die schwere Schlüsselbünde tragen sie meist hinten am Gürtel.«

Roderich war beeindruckt. »Bravo, Alma, du bist listiger als ich dachte!«, lachte er und tätschelte ihr die Hand. »Nun müsste uns nur noch einfallen, wie wir an den passenden Schlüssel kommen.«

»Wir machen einen Abdruck!«, erklärte Alma bestimmt. »Steckt euch ein paar Wachskerzen ins Wams, damit das Wachs durch die Wärme formbar und geschmeidig wird. Wenn wir herausgefunden haben, welcher Schlüssel der Richtige ist, schleicht sich Roderich von hinten an die Wache an und drückt den Schlüssel in das Wachs. Von diesem Abdruck macht der Zinngießer eine Form. Dann gießt er flüssiges Metall hinein, lässt es abkühlen und schon haben wir einen neuen Schlüssel. Wenn man darüber nachdenkt, ist es eigentlich ganz einfach!«

Roderich fiel Alma um den Hals und drückte ihr einen Kuss auf die Wange: »Du bist ein Goldschatz. Wo hast du dich herumgetrieben, dass du solch zweifelhafte Praktiken kennst?«

»Was unterstellst du mir?«, lachte Alma stolz. »Ich habe vor Jahren bei einem Bildhauer gearbeitet. Dort habe ich die Gießtechniken und vieles andere mehr erlernt.«

Am nächsten Tag kam Roderich freudestrahlend in den Stall geeilt. Er hielt einen großen, blanken Schlüssel in den kurzen, dicken Fingern und hatte vor Aufregung rote Flecken im Gesicht: »Wir haben ihn! Wir haben den Schlüssel zu Königin Silenes Zelle!«

»Wie habt ihr das denn nur so schnell geschafft?«, fragte Livia erstaunt.

»Das hättest du erleben sollen, Livia!«, begann Roderich zu erzählen. »Du hättest Alma sehen sollen, wie sie mit tief ausgeschnittener Bluse, einen großen Krug Wein im Arm, in die Gesindeküche schlenderte. ›Freunde, heute ist mein Namenstag, und der muss begossen werden.‹ ›Die gute Alma, hoch soll sie leben!‹, grölten die Wachmänner mit ihren roten Nasen und zogen Alma mit ihren Blicken förmlich aus.«

Mit hochrotem Kopf stand Alma an Flavio gedrängt.

»Roderich«, ermahnte sie den Zwerg, »du übertreibst mal wieder ganz gewaltig.«

»Ich erzähle nur, was geschehen ist«, kicherte Roderich. »Mit ihrer hübschen weißen Bluse beugte sich Alma über den Tisch zu den Saufbolden und schenkte ihnen Becher um Becher von dem starken Tropfen ein. Immer redseliger wurden die Kerle, bis schließlich ein jüngerer Soldat mit üppigem Bart von der Königin zu erzählen begann. Sie sei krank, deshalb habe er ihr eben noch eine Kanne mit heißem Tee aus der Küche gebracht – schließlich sei er kein Unmensch. Als die Männer endlich einer nach dem anderen mit dem Kopf auf der Tischplatte landeten und ihr Lallen in lautes Schnarchen übergegangen war, schlich ich mich von hinten an den Wächter der Königin heran und drückte den Schlüssel an seinem Gürtel in das weiche Wachs, das ich bei mir trug. Er lag einstweilen in seligem Schlummer und hat nichts davon mitbekommen. Gleich heute Morgen bin ich zum Zinngießer gelaufen. Was das denn für ein Schlüssel sei, hat der mich gefragt. Für die Himmelspforte, habe ich ihm geantwortet. Die sei, was man so höre, die meiste Zeit verschlossen, und ich wolle schließlich nicht draußen stehenbleiben, wenn ich dereinst hinein wolle! Er hielt das für eine weise Idee. Dann hat er mir einen Golddukaten abgeknöpft. Ein stolzer Preis, wie ich finde, aber nicht zu viel für die Befreiung unserer geliebten Königin.«

»Du hast ganz recht, mein lieber Roderich«, stimmte Livia zu. »Und doch sind wir noch nicht am Ziel. Die nächsten Schritte wollen ebenso gut bedacht sein. Ich sprach mit Prinz Laurus. Er möchte helfen und wird die Königin mit seinem Pferd in Sicherheit bringen. Doch zuerst muss sie dem Kerker entkommen. In seiner Begleitung ist sie sicher. Leider sind am Ausgang des Kerkers Wachen aufgestellt. Wie sollen wir meine Mutter an ihnen vorbeibringen?«

»Die List mit dem Wein ist hier nicht ratsam«, überlegte Alma. »Es ist den Wachen strengstens untersagt, auf ihrem Posten zu trinken.«

»Sie mit Gold zu bestechen, ist ein zu großes Risiko. Sollten wir an einen Unbestechlichen geraten, sitzen wir, ehe wir uns versehen, neben Königin Silene in der Zelle. Wir müssen uns etwas anderes einfallen lassen!«

Bis zum Morgengrauen saßen die Freunde zusammen und sinnierten, grübelten, planten und verwarfen. Danach fielen alle in tiefen, traumlosen Schlaf.

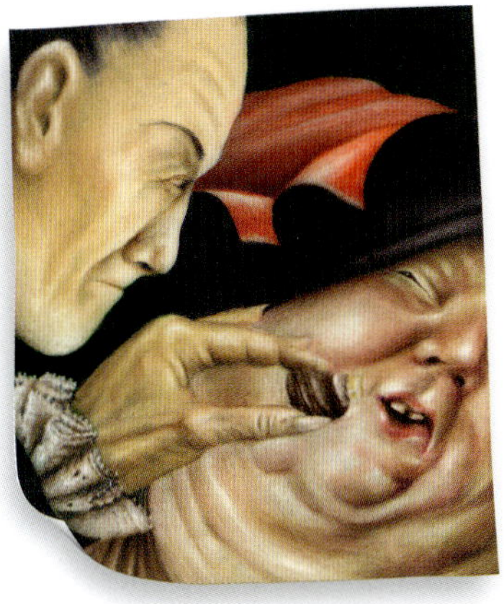

Achtzehntes Kapitel

Unverhoffte Unterstützung

Die Bedrohung aus dem Norden rückte spürbar näher. Oft hörte man lautes Donnern in der Ferne. Des Nachts leuchtete es rot am Horizont. Man konnte ahnen, dass die Nordheere die Grenzen Samarnas überschritten hatten. König Aurel zog seine Soldaten zusammen, um das Land zu verteidigen. Ein weiteres Vordringen der Feinde musste verhindert werden.

Wie jeden Morgen führte Roderich Zita auf die Weide. Seit der Entführung ließen die Freunde Zita nicht mehr unbewacht grasen. Es war ein schöner Tag. Als Roderich und Zita auf dem Hügel angekommen waren, setzte der Zwerg sich in den Schatten des Baumes, Zita suchte mit großem Eifer die feinsten Kräuter auf der blühenden Wiese. Weil ihn die Graspollen in der Nase kitzelten, suchte Roderich in den vielen Taschen seines Wamses nach einem Schnupftuch. Da geriet ihm ein kleiner, ihm unbekannter Gegenstand, der sich ungewöhnlich warm anfühlte, in die Finger. Neugierig holte er das Objekt aus der Tasche und staunte. Es war das Pfeifchen, das ihm der Anführer der Buchstabenfresser zum Abschied überreicht hatte. Bei dessen Anblick fiel Roderich wieder ein, was der Anführer ihm darüber erzählt hatte: Er könne den Ton der Pfeife über weite Entfernungen hören, wenn der Zwerg ihn brauche, müsse er nur hineinpusten. Ob das wohl der Wahrheit entsprach? Der Zwerg hatte noch nicht wirklich darüber nachgedacht, als er auch schon unwillkürlich in das kleine Röhrchen blies. Ein schriller, gellender Ton durchschnitt die Luft, aber sonst passierte nichts. Roderich war darüber nicht erstaunt.

Kuno kam geflogen und nahm auf einem von Zitas goldenen Hörnern Platz: »Ich glaube, hier können wir nicht mehr lange bleiben«, tschilpte er der Ziege ins Ohr. »Ich spüre schlimme Zeiten auf dieses Land zukommen, es wird Krieg geben. Es macht einen wirklich traurig, immer wieder dabei zusehen zu müssen, was die Menschen anrichten.«

»Ganz recht. Den meisten Paarfüßlern ist nicht zu trauen«, meckerte Zita sorgenvoll. »Ohne sie wäre man wahrlich besser dran. Die Natur braucht die menschliche Art nicht, im Gegenteil. Die Menschen denken nur an sich, an ihre Vorteile. Sie sind gierig und maßlos. Es genügt ihnen nicht, einfach satt zu werden. Sie wollen immer mehr, als sie besitzen.«

»Sie achten nicht, was auf der Erde kreucht und fleucht, die Vielfalt der Natur«, stimmte Kuno schimpfend zu. »Sie teilen Flora und Fauna in ›nutzbar‹ und ›nicht nutzbar‹ oder gar ›schädlich‹ für ihre sonderbaren Zwecke ein. Nutzbar ist, wer gegessen werden kann. Leider fällst du in diese Kategorie. Nicht nutzbar oder schädlich ist, wer den Nutzpflanzen oder -tieren schadet. Begegnen die Paarfüßler einem Tier, denken sie mit dem Magen, sehen nur den Braten am Spieß. Tiere, die zum Verzehr gehalten werden, sind besonders bedauernswert. Ich habe mich einmal in einen der Ställe verirrt. Was ich dort sah, war schrecklicher als jeder Albtraum. Müttern werden die Jungen geraubt, die männlichen Jungtiere werden getötet. Ich könnte dir von unzähligen Grausamkeiten berichten. Die Hölle ist ein von den Menschen erschaffener Ort. Das ist mir unbegreiflich. Die Paarfüßler denken, wir Tiere seien dumm, unterentwickelt. Sie glauben, wir hätten keine Sprache, keine Gefühle und könnten nur beschränkt empfinden. Sie unterschätzen uns, liegen völlig falsch in ihrer Wahrnehmung. Ich bin froh, nur als Spatz geboren zu sein und davonfliegen zu können. Außerdem bin ich zu klein, um ihrer Gefräßigkeit zu genügen.«

»Ich beneide dich sehr um deine Flugkünste, deine Wendigkeit«, gab Zita zu. »Nur Greifvögel und Katzen können dir gefährlich werden. Ich war häufig in großer, sehr großer Gefahr. Hättet ihr mich neulich nicht befreit, ich würde gewiss nicht mehr leben. Die Diebe hätten mich am Spieß gebraten. Sie hatten bereits darüber gestritten, auf welche Weise man mich am besten zubereiten könne. Du kannst dir sicher vorstellen, welche Furcht mich überkam.«

»Was könnte es schön sein in dieser Welt«, zwitscherte Kuno verträumt. »Der Himmel über uns, die Erde mit allem, was auf ihr gedeiht und wächst, unter unseren Füßen. Wenn mich nicht eines Tages jemand in einen Käfig sperrt wie viele meiner Artgenossen, könnte ich mich uneingeschränkt meines Lebens und meiner Freiheit freuen. Das scheint den Menschen nicht zu gefallen. Der Krieg, der Samarna bevorsteht, wird viele Menschen das Leben kosten. In vergangenen Zeiten ist es ihnen in unzähligen Kriegen fast gelungen, sich gegenseitig auszurotten. Homo sapiens – der weise Mensch? Dass ich nicht lache! Keines von uns Tieren wird jemals dieses grundlose Morden begreifen. Das Töten sei ein Handwerk, es gehöre zum Leben, sagen sie. Der Krieg sei die Mutter aller Dinge. Bei solchen Gedanken wird mir schlecht. Im Grunde will ich nichts mit dieser Spezies zu tun haben. Die Paarfüßler kennen keine Beißhemmung, nichts hält sie ab, sich an Schwächeren zu vergreifen. Nach dem Kampf prahlen die Soldaten damit, wie viele ihrer Artgenossen sie getötet haben. Die Paarfüßler, die die meisten Getöteten für sich verbuchen können, werden ausgezeichnet und mit goldenen Zeichen behängt. Und diese Wesen behaupten von sich, die Krone der Schöpfung zu sein.«

»Phhh, die Menschen die Krone der Schöpfung?«, zischte Zita verächtlich. »Jeder weiß doch, dass die Bäume es verdienen, diese Krone zu tragen. Sie stehen am Anfang der Lebenskette. Niemals tötet ein Baum ein anderes Wesen. Die Bäume leben von den Elementen. Ihre Nahrung holen sie sich aus den Mineralien der Erde, dem Wasser und aus der Luft, die wir atmen. Niemals würden sie für ihr Überleben Blut vergießen. Bäume reinigen unsere Atmosphäre. Sie ernähren uns mit ihren Früchten und Samen. Sie spenden Schatten unter der heißen Sonne. Die Bäume bieten euch Vögeln Schutz vor dem Regen und Platz für eure Nester. Was sich die Bäume aus der Erde nehmen, geben sie an die Erde zurück. Jeden Herbst wirft ein großer Teil von ihnen die Blätter ab, die sich dann nach und nach wieder in fruchtbare Erde verwandeln. Auf diese Weise bilden die Bäume die Grundlage für eine neue, reiche und bunte Flora. Die Bäume leben im Einklang mit ihrer Umgebung und im direkten Verbund mit vielen Lebewesen. Kein Baum hat je einen Krieg geführt. Es sind Lichtwesen, sie brauchen die Sonne. In ständiger Dunkelheit sterben sie. Unsere Bäume sind verehrungswürdig. Wir sollten sie achten und lieben. Ohne diese wunderbaren Geschöpfe könnten wir nicht überleben.«

Roderich war eingeschlafen. Schon brach die Dämmerung herein. Am Himmel erschien blass die silberne Sichel des Mondes. Der Wald hauchte seinen kühlen Atem auf die Wiese. Der Zwerg Roderich hatte einen lebhaften, farbigen Traum.

Er saß entspannt an die alte Birke gelehnt, als plötzlich etwas in sein Ohr eindrang und ihn entsetzlich kitzelte. Der Zwerg zuckte zusammen, rieb sich verwirrt das große Ohr und sah sich um. Neben ihm stand der Anführer der Buchstabenfresser. Er hatte Roderich seinen behaarten Rüssel ins Ohr gesteckt. Damit verfolgte er keine böse Absicht. Es war die Weise, auf die sich Vertreter der Art *Acerbus tachyglossus aceleatus* begrüßten.

»Sei gegrüßt, Roderich. Du hast mich gerufen?«, piepste er. »Ich habe einen langen, beschwerlichen Weg auf mich genommen, um deinem Ruf zu folgen. Wie kann ich dir helfen?«

Roderich erschrak, hatte er doch eigentlich ganz ohne Grund, aus Neugier und Langeweile in das Pfeifchen geblasen. Angestrengt dachte er nach, bis ihm auf einmal ein kluger Gedanke kam: »Man hat unsere Königin gefangen genommen. Um ihr Leben zu retten, müssen wir sie befreien. Den Schlüssel für ihre Zelle haben wir bereits. In den langen Fluren des Verlieses sind keine Wachen aufgestellt. Am Ausgang jedoch stehen zwei Soldaten mit Speeren und Schwertern bewaffnet, als wollten sie Krieg führen. Wir haben hin und her überlegt, aber keine Lösung gefunden. Wir wissen nicht, wie man unbemerkt an diesen Wachen vorbeikommen könnte. Vielleicht kannst du uns helfen?«

Das Wesen mit der langen, spitzen Nase setzte sich auf die Hinterbeine und nahm die possierliche, fast menschliche Haltung ein, die Roderich schon bei ihm und seinen Artgenossen niedlich gefunden hatte.

»Gewiss«, antwortete das Wesen, »wir sind nicht wehrlos. Mit unseren Giftzähnen haben wir so manchen Feind überwunden. Bei den Paarfüßlern wirkt unser Gift nicht tödlich, beschert ihnen aber einen tiefen, langen Schlaf. Wenn du uns mitteilst, wann die Königin befreit werden soll, können wir behilflich sein. Wir können uns für Paarfüßler lautlos bewegen. Sie schlafen tief, riechen und hören nichts.«

»Dann habt ihr Erfahrung mit geheimen Machenschaften?«, fragte Roderich erstaunt.

»An allen Königshöfen des Kontinents werden Ränke geschmiedet, zum Wohle der Menschen oder auch nicht. Wir haben uns stets darum bemüht, der gerechten Sache zu dienen, und wurden mit Nahrung belohnt. Dir zu helfen ist ein Freundschaftsdienst für uns.

Vielleicht hast du schon von König Linzor, Herrscher des Landes Androphis, gehört. In seinem Reich gab es eine Stadt, Tychmea, deren Bewohner sich weigerten, ihre Steuern zu bezahlen. Um ihnen eine Lektion zu erteilen, wandte sich König Linzor an mein Volk. Nie hatten wir einen größeren Auftrag. Des Nachts machten wir uns flink und lautlos auf den Weg in die Stadt Tychmea. Wir verteilten uns, jeder nahm sich ein Haus mit seinen Bewohnern vor. Als endlich alle Menschen, müde von des Tages Arbeit, in Schlaf gesunken waren, kamen wir aus unseren Verstecken und bissen jeden Bewohner mit unseren spitzen Zähnen in den großen Zeh.«

»Und was ist weiter geschehen?«, fragte Roderich neugierig.

Stolz reckte der Ameisenigel seinen Giftzahn in die Luft, damit man ihn besser sehen konnte, und fuhr fort: »Die Tychmeaner schliefen etwas länger als gewohnt – ein ganzes Jahr. Sie verschliefen alle Festtage des Jahres: Ostern, Weihnachten, die Geburts- und Namenstage. Sie verschliefen ihre Sorgen und Nöte. Die ganze Stadt schnarchte, das Dröhnen war bis weit über die Stadtgrenzen hinaus zu hören. Die Fliegen, Ameisen und anderen Insekten in den Wohnungen vermehrten sich. Mäuse und Ratten ließen es sich gut gehen. Sie machten sich in den Küchen und Vorratskammern breit und führten ein Leben wie die Maden im Speck. Die Spinnen spannen nach Herzenslust, niemand zerstörte ihre Wunderwerke. Manche Häuser waren nach einem Jahr eingesponnen.«

Roderich bekam große Augen: »Ein ganzes Jahr?«, rief er verwundert. »Das kann man sich kaum vorstellen. Die Tychmeaner waren bestimmt sehr überrascht, als sie wieder erwachten.«

»Das kann man wohl sagen. Als die Menschen nach zwölf Monaten erwachten, war ihre Stadt im Chaos versunken. Das war ihnen eine Lehre. Als das Leben in Tychmea nach dem Aufräumen wieder seinen gewohnten Gang gehen konnte, bezahlte jeder Bürger brav seine Steuern.«

»Was bei einer ganzen Stadt funktioniert, dürfte bei ein paar Wachen an der Kerkertür ein Kinderspiel sein«, überlegte Roderich hoffnungsfroh.

»Das kann ich dir versprechen«, versicherte der Ameisenigel. »Du weißt ja, wie du mich rufen kannst.« Mit diesen Worten verschwand er und Roderich erwachte.

Am Abend saßen Livia und Flavio, Roderich und Zita im Stall beisammen. Livia holte einen Laib Brot aus dem Elfenkorb und brach jedem ein großes Stück ab. Alma kam herein, ein silbernes Tablett mit den herrlichsten Konfektkreationen in den Händen. Sie hatte Wichtiges zu erzählen.

»Der Leibarzt des Königs hat seiner Majestät jegliche Art von Naschwerk verboten! Alles, was in der Küche noch davon zu finden ist, muss vernichtet werden. Ihr solltet König Aurel sehen – ein Bild des Grauens. Seine Leibesfülle hat sich vervielfacht. Heute Nacht ist sein altes, aus härtestem Holz gezimmertes Bett unter der Last seines Gewichtes zusammengebrochen. Am Morgen lagen die mächtigen Holzsäulen, die den Himmel über seinem Prunkbett trugen, quer über seinem unförmigen Leib. Die reich bestickten Bettvorhänge bedeckten den seelenruhig Schlafenden. Ich war es, die ihn fand, als ich das Feuer im Kamin anschüren wollte. Vor Schreck rief ich sofort lauthals um Hilfe. Die Lakaien des Königs

kamen und befreiten seine Majestät aus dem Chaos. Der Anblick war mehr, als ich je erleben wollte.«

Mit großen Gesten untermalte Alma ihren Bericht: »Wie ein gewaltiger Fleischberg lag der König in den Trümmern seines mächtigen Bettes. Einem wabernden Teigklos gleich schien sein Körper sich über das seidene Laken auszubreiten. Der gewaltige Rumpf versperrt dem König den Blick auf seine Füße. Er kann nur noch nach links und rechts schauen. Jede Bewegung wird zur Qual.«

Verschwörerisch beugte sich Alma näher zu den anderen. Ihre Stimme wurde leiser, als sie fortfuhr: »Nun fragen sich natürlich alle, wie es so weit kommen konnte. Ich kann es euch sagen. Um zu erfahren, was die Gräfin wieder Böses ausheckt, habe ich mich kürzlich, als ich nachts im Schlafgemach des Königs noch einmal Feuerholz nachlegte, hinter einem Vorhang versteckt. Es dauerte nicht lange, bis die Gräfin von Sinklau auftauchte. Sie hatte einen großen Korb dabei, bis zum Rand gefüllt mit Süßigkeiten. Als sie Stunden später wieder ging, war der Korb leer. Glaubt mir, die Gräfin hat vor, seine Majestät mit Süßigkeiten umzubringen oder wenigstens ruhigzustellen.«

»Eine sanfte, aber grausame Methode, den willenlosen König ganz langsam zu ermorden«, flüsterte Livia erschrocken.

»Dieses Miststück! Dieses Biest! Diese Schlange!«, zischte Roderich. »Und wir können nichts tun. Die Gräfin hat alle rechtmäßigen Anwärter auf den Thron ausgeschaltet. Stirbt der König, kann sie die Macht an sich reißen. Dann ist Samarna dem Untergang geweiht.«

»Wartet, wartet, das war noch längst nicht alles«, fiel Alma dem Zwerg ins Wort. »Der König möchte sich in den Norden zu seinen Truppen fahren lassen. Der Krieg zwischen Samarna und den wilden Nordvölkern ist bereits in vollem Gange. Es ist kein Feuerwerk, das wir in den Nächten hören und sehen können. Im Norden wütet der Kampf. Und die Eindringlinge sind auf dem Vormarsch nach Süden.

Für den König wurde ein großer, breiter Wagen gebaut. Ich habe das Gefährt im Hof stehen sehen. Während der König fort ist, soll die Gräfin die Regierungsgeschäfte übernehmen.«

»Ich fürchte«, seufzte Livia besorgt, »Flavio und ich sind hier nicht mehr lange sicher. Wir werden das Land verlassen müssen.«

Durch ein Scharren mit dem Huf bezeugte Flavio seine Zustimmung.

»Du glaubst doch nicht«, rief Alma aufgebracht, »dass wir Flavio und dich allein ziehen lassen. Ich glaube, ich kann für alle hier sprechen: Wir gehören zusammen, und wenn einer geht, gehen alle. Lasst uns hier und jetzt schwören: Wir wollen uns niemals trennen, nicht in Not und nicht in Todesfurcht. Wir wollen zusammenhalten und füreinander einstehen.«

Roderich nahm ein paar Weidenruten. Eine davon knickte er, bis sie brach. Die anderen verflocht er geschickt miteinander. Dann sagte er: »Eine einzelne Weidenrute ist nicht sehr stark. Flechte ich aber mehrere zusammen, halten sie auch größten Belastungen stand. So soll es auch mit uns sein.«

Auf diese Weise schworen die Freunde einander die Treue.

Als sich alle umarmt und geherzt hatten, sagte Livia entschlossen: »Bevor wir über unsere Flucht nachdenken, müssen wir meine Mutter befreien. Erst wenn sie in Sicherheit ist, kann ich das Land verlassen.«

Endlich konnte Roderich von seiner traumhaften Begegnung mit dem Ameisenigel und seinem Giftzahn berichten. Die Freunde waren überaus froh, ein weiteres Hindernis überwunden zu haben.

Neunzehntes Kapitel

Der Plan gedeiht

Als Prinz Laurus eines Abends nach seinem täglichen Ausritt sein Pferd in den Stall brachte, bat Livia ihn zu einem Gespräch in ihre Räume. »Du bist doch so etwas wie mein Onkel. Kannst du mir erklären, wie es mit meinem Ziehvater, deinem Bruder, so weit kommen konnte? Seine Majestät hat jeden eigenen Willen verloren. Was ist nur mit ihm geschehen? Offenbar lässt er sich fortwährend von der Gräfin mit Schokolade und Konfekt füttern und seine Leibesfülle raubt ihm das letzte bisschen Bewegungsfreiheit und offenbar auch den Verstand.«

»Die Gräfin hat ihr hinterhältiges Ziel fast erreicht«, antwortete der Prinz. »Unsere einzige Möglichkeit, etwas dagegen zu unternehmen, ist, die Königin zu befreien. Nur mit ihrer Hilfe können wir gegen die Gräfin vorgehen. Deshalb dürfen wir keine Zeit verlieren. Es wäre wohl ratsam, den nächsten Neumond abzuwarten. Die größte Schwierigkeit stellen die Wachen innerhalb der Palastmauern dar. Diese auszuschalten, wäre die halbe Flucht. Dann könnte ich mit meinem Pferd am Kerkerausgang warten und die Königin in Empfang nehmen. Von dort könnten wir zum nördlichen Tor gelangen. Ich habe den Schlüssel dafür. Das kleine, verschlossene Tor eignet sich bestens für unsere Zwecke, denn es wird nachts nicht eigens bewacht. Jenseits dieses Ausgangs liegt der große Friedhof. Mitten in der Nacht wird sich dort niemand aufhalten. Der Weg vom Kerker über den Schlosshof kann gefährlich werden. Ich werde die Hufe meines Pferdes mit Leder umwickeln. So wird man die Schritte des Tieres nicht hören.

Das Wichtigste ist die Königin. Für sie benötigen wir einen schwarzen Umhang mit Kapuze. Ich werde Silene unsere Pläne in einem Brief mitteilen, den Alma bei ihrem nächsten Besuch unter ihrer Schürze in die Zelle schmuggeln soll. Die Königin sollte über jeden Schritt, den wir planen, in Kenntnis gesetzt werden. Droht auch nur die geringste Gefahr, muss die Königin in Sicherheit gebracht werden können. Wir dürfen kein Risiko eingehen und müssen auch mit Unvorhersehbarem rechnen. Ich bin zuversichtlich, dass wir es schaffen werden.«

»Ich bin sehr froh, mein lieber Laurus, dich auf unserer Seite zu wissen«, seufzte Livia erleichtert. »In wenigen Tagen haben wir Neumond und damit die nächste Gelegenheit.«

»Dann sollten wir nicht länger warten, die Sache eilt. Der Gesundheitszustand der Königin hat sich dank Almas Fürsorge etwas gebessert. Die Flucht wird für unsere Königin zwar eine Strapaze werden, aber wir haben keine Wahl.«

Zwei Tage später hatte Alma noch einmal Gelegenheit, die Königin in ihrem Verlies zu besuchen.

Sie hatte sich gut auf ihre Visite im Kerker vorbereitet. Ihr Korb war vollgepackt mit Obst, kräftigenden Nahrungsmitteln, Kerzen und anderen nützlichen Dingen. Den schwarzen Umhang mit Kapuze, der die Königin bei der Flucht verhüllen sollte, hatte Alma unter ihrer eigenen Kleidung angezogen. Er durfte nicht entdeckt werden, um keinen Verdacht zu erregen. Im Saum ihrer Schürze hatte sie den Brief versteckt, in dem Prinz Laurus der Königin erklärte, was sie vorhatten. Es war bei Strafe verboten, Nachrichten in den Kerker zu schmuggeln. Der Brief hatte folgenden Inhalt:

Majestät,
wir, Livia, Alma, Roderich und ich, haben beschlossen, Euch aus Eurer misslichen Lage zu befreien. Dass Eure Majestät in solch erbärmlichen Umständen Euer Leben fristet, wollen wir nicht länger dulden. Deshalb haben wir in den letzten Wochen Eure Flucht vorbereitet.

Am kommenden Mittwoch ist Neumond. Um Mitternacht wird Roderich Eure Zelle aufschließen. Den Schlüssel konnten wir uns beschaffen. Roderich wird Euch durch die dunklen Gänge an den Wachen vorbei geleiten. Die Wachleute sollten zu dieser Zeit in tiefem Schlaf liegen. Am Ende der Treppe, die in den Schlosshof führt, werde ich mit meinem Pferd auf Euch warten.

Legt den Umhang an, den Alma Euch bringt, und haltet die ganze Zeit über das Gesicht bedeckt. Nehmt keinen unnötigen Ballast aus der Zelle mit. Verbrennt vor der Flucht alle Briefe und persönlichen Dokumente. Lasst nichts zurück, das Eure Majestät verraten könnte.

Wir alle hoffen auf ein gutes Gelingen unseres Vorhabens. Denkt daran: Wir sind nicht allein, jemand hält seine schützende Hand über uns!

In tiefer Verbundenheit
Euer
Laurus

Der Eingang zum Kerker befand sich seitlich am Hauptgebäude des Palastes. Dort waren die Wachen postiert. Wollte man hineingelangen, musste man unweigerlich an ihnen vorbei. Alma stellte den Korb vor dem Wachhabenden auf einen Stuhl und ließ ihn durchsuchen. Das Herz schlug ihr bis zum Hals. Die Wachen wechselten häufig, um Bekanntschaften mit Besuchern auszuschließen. Oft trieben die Wachen ihre rohen Späße und Machtspielchen mit den Besuchern und schikanierten sie. Alma hatte Glück. Anstatt sie zu demütigen, machten die Männer der jungen Frau schöne Augen, wenn auch auf recht derbe Art. Einer kraulte Alma mit seinen rauen Fingern unter dem Kinn und sagte: »Na, schöne Frau, wohin des Weges so voll bepackt? Ein finsterer Kerker ist nicht der rechte Ort für ein so dralles, hübsches Kind. Du gehörst ans Tageslicht, bist für uns Männer wie geschaffen! Was haben wir denn da?«

Jeder der Rabauken nahm sich ungefragt einen Apfel aus dem Korb und biss herzhaft hinein.

»Ihr werdet schon sehen, was ihr von eurem ungehobelten Benehmen habt«, dachte Alma. »In eurem tiefen, langen Schlaf werdet ihr reichlich Gelegenheit haben, von euren Missetaten zu träumen.«

Als die Kerle genug gescherzt und gelacht hatten, öffneten sich die gekreuzten Hellebarden und machten Alma den Abstieg in den Kerker frei. Um diesen Weg zu beschreiten, musste Alma stets all ihren Mut zusammennehmen. Das Herz blutete ihr, wenn sie nur daran dachte, dass ihre Herrin nun schon seit Monaten ohne Tageslicht an diesem unheimlichen Ort weilen musste. Eine Kerze spendete Alma gerade genug Licht, um sich in den endlosen Gewölben aus dunklem, feuchtem Stein nicht zu verlaufen.

Vor der eisenbeschlagenen Tür, die Silenes Zelle verschloss, saß ein weiterer Wächter auf einer Holzbank und strickte. Die Hellebarde lag vor ihm auf dem Boden. Sein Schwert war an die Wand gelehnt. Höflich bat ihn Alma um Einlass. Der Wächter wusste: Wer bis zu ihm vordrang, stellte keine Gefahr dar. An den Wachen oben am Eingang kam niemand Bedenkliches vorbei. So war sein Posten mit unerträglicher Langeweile verbunden, jede Abwechslung kam ihm gelegen. Langsam legte er sein Strickzeug beiseite, musterte Alma von oben bis unten und fragte, was sie wolle. Zur Königin wolle sie, sagte Alma. Geringschätzig sah er Alma an und spottete: »Pff, für den Besuch bei einer Königin bist du nicht gerade passend gekleidet. Ich kann mir kaum vorstellen, dass die Königin jemanden wie dich sehen will. Mit deiner Schürze siehst du aus wie eine gewöhnliche Magd.«

Alma wurde vor Scham und Zorn rot im Gesicht. Unwillkürlich löste sie die Schürzenschleife an ihrem Rücken und zog heftig die Schürze weg. Leider hatte sie dabei nicht an den Brief gedacht, der im Saum versteckt war und nun zu Boden fiel. Alma blieb fast das Herz stehen. Sie war sich nicht sicher, ob der Wächter ihr Missgeschick bemerkt hatte. Schweißperlen traten ihr auf die Stirn, doch verhinderte die spärliche Beleuchtung, dass der Wächter dies bemerkte. Wenn der Brief in die falschen Hände geriet, war alles umsonst gewesen. Dann schwebten sie alle – die Königin, der Prinz, Livia, Roderich und Alma selbst – in höchster Gefahr. Wie Blitze durchzuckten sie solche Gedanken. Der Hals des Wächters wurde lang. Er reckte sein Gesicht zu ihrem herüber. Alma konnte seinen üblen Atem riechen. Sie fühlte sich beengt, bedroht. Seine klobige, zerfurchte Nase stand ihr direkt vor Augen, aber der Ekel wurde von der Sorge um den enthüllten Brief, der vor ihr auf dem Boden lag, zurückgedrängt. In Panik wühlte sie in ihren Rocktaschen und bekam ein Stück Papier zu fassen. Geistesgegenwärtig machte sie einen Schritt vorwärts und trat mit dem linken Fuß auf den hinuntergefallenen Brief. Gleichzeitig zog sie das andere Schriftstück aus der Rocktasche und ließ es auffällig auf den Boden sinken.

Sofort bemerkte der Wachhabende den zweiten Brief und bückte sich langsam und behäbig danach. Diesen Augenblick nutzte Alma, um sich ebenfalls herunterzubeugen und blitzschnell den Brief des Prinzen an sich zu nehmen.

»Gott sei Dank, das Schlimmste konnte ich verhindern« dachte sie erleichtert und holte tief Luft, als der Soldat mit hämischem Grinsen wieder hoch kam.

»Jaaaaaa, waaaas haaaben wir denn daaa?«, leierte er genussvoll. »Etwa ein Brieflein für die Frau Königin? Seeehr interessant! Und jetzt wirst du mir gleich erzählen, du wusstest nicht, dass du keine Briefe in die Zellen bringen darfst, hä?«

Mit gesenktem Haupt spielte Alma die schuldbewusste Sünderin und stotterte:

»Nein, Herr, der Brief ist doch nicht für die Königin. Er gehört mir und geht nur mich etwas an!«

Natürlich war der Wächter misstrauisch. »Du willst mich wohl für dumm verkaufen«, sagte er schnippisch. »Rede! Was ist das für ein Brieflein? Wenn du nicht redest, lese ich ihn selbst.«

Alma erschrak. Sie flehte den Wächter an, ihr zu glauben und das Schreiben um Himmels willen nicht zu lesen – eine Regung, die den Argwohn des Soldaten nur weiter anfachte.

»Du wirst mir jetzt sofort alles, aber auch alles erzählen, was du weißt! Wenn nicht, habe ich neben deiner Herrin gleich auch eine gemütliche Zelle für dich!«

Alma zuckte zusammen. Die Vorstellung, durch ihre Unachtsamkeit die gesamte Unternehmung ins Wanken und sich selbst vielleicht in den Kerker gebracht zu haben, ließ sie erschaudern. Mit leiser Stimme begann sie zu erzählen.

»Meine Kindheit war karg. Mein Vater war Kerzenzieher. Er machte Kerzen für die Burgen und Schlösser der Umgebung und die Altäre in den Kapellen und Kirchen. Meine Mutter ist bei meiner Geburt gestorben. Als ich älter wurde, schickte mein Vater meine Geschwister und mich zum Arbeiten. Er verdiente nicht genug, um unser aller Mäuler zu stopfen.

Ich kam auf einem großen Hof mit viel Vieh unter. Im Sommer trieb ich die Kühe und Ziegen in die Berge auf die Alm zum Weiden. Ich passte auf, dass sie sich nicht verstiegen oder abstürzten. Jeden Tag molk ich und verarbeitete die Milch in der Almhütte zu Käse. Erst im Herbst kehrte ich mit dem Vieh ins Tal zurück.

Eines Sommers tauchte auf einer der angrenzenden Almen ein junger Mann mit seinen Tieren auf. Sein Name war Artus. Er war etwas älter als ich. Wir freundeten uns an und erledigten bald viele unserer Aufgaben gemeinsam. Das machte das harte Leben auf der Alm nicht nur leichter, sondern auch viel schöner.

Es kam, wie es kommen musste: Wir verliebten uns ineinander und beschlossen, unser weiteres Leben gemeinsam zu verbringen. Wir waren wie füreinander geschaffen, verstanden uns ohne Worte. Auf der Alm begann eine herrliche Zeit. Die Kuh- und Ziegenglocken, das Summen der Hummeln und Bienen, der Gesang der Vögel untermalten unser tägliches Glück mit Musik. Am Abend saßen wir nach getaner Arbeit am Herdfeuer. Artus schnitzte kleine Holzfiguren und ich flickte und nähte unsere Kleidung. So lebten wir tagaus, tagein, Woche für Woche dem Himmel sehr nah.

Neunzehntes Kapitel

Der Sommer neigte sich schon dem Ende zu, als eines Nachmittags ein gewaltiges Gewitter aufzog. Blitze zuckten über den Himmel und schlugen um uns herum in die Felsen ein. Der Donner hallte hundertfach von den Steilwänden wider. Uns überkam große Furcht. Sintflutartiger Regen prasselte los und setzte binnen kürzester Zeit Wiesen und Wege unter Wasser. Was keinen Halt fand, wurde vom Sturm mitgerissen. Die Kühe drückten sich aneinander. Ein Blitz schlug dicht bei der Herde ein, in Panik flüchteten die Tiere bergab. Artus und ich versuchten, die erschrockene Herde aufzuhalten, denn sie rannte ins Verderben. Am Rande der Weiden fiel das Gelände fast senkrecht nach unten, hunderte Meter ging es in die Tiefe. Artus versuchte, den Absturz der Tiere zu verhindern, und bezog am Rande des Abgrunds Stellung. Unter der Erschütterung der Hufschläge löste sich ein Teil des Felsens. Artus stürzte in den Abgrund. Auch einige Tiere wurden mitgerissen. Hilflos war ich Zeuge des Unglücks. Artus' verzweifelten Gesichtsausdruck und seinen gellenden Schrei werde ich nie vergessen.«

Der Wächter hatte der Geschichte gespannt gelauscht. Als Alma verstummte, rutschte er auf seiner Bank zur Seite und bot Alma den Sitzplatz neben sich an. Sie setzte sich.

»Aber was hat deine Geschichte mit diesem Brief zu tun?«, fragte er schließlich.

»Gemach, gemach. Du wirst es gleich erfahren«, antwortete Alma und fuhr mit ihrer Erzählung fort: »Die schlimmste Zeit meines Lebens begann. Ich konnte Artus nicht vergessen. Sein Gesicht, sein liebenswürdiges Wesen, seine Gestalt verfolgten mich, wohin ich auch ging.

Um meinen Erinnerungen zu entfliehen, kündigte ich den Dienst bei meinem Bauern und zog hinunter in die Stadt. Die vielen neuen Eindrücke in der Stadt ließen mich meinen Kummer etwas vergessen. Bei einer reichen Kaufmannsfamilie fand ich Arbeit. Als Haus-, Kinder- und Küchenmädchen hatte ich so viel zu tun, dass meine Gedanken nicht mehr stetig um Artus kreisen konnten. Meine Dienstherrin wies mir eine kleine Kammer im Dachgeschoss des großen Hauses zu, in der nur ein Bett stand. Die Wand gegenüber war kahl und weiß. Bevor ich abends die Augen schloss oder sie morgens öffnete, war alles, was ich sah, diese Wand. Nach einer Weile schien mir, als sähe ich auf der weißen Fläche die Umrisse einer großen, doppelflügeligen Tür. Zunächst hielt ich das für Einbildung, aber schließlich überwog doch meine Neugierde. Ich strich mit der Handfläche über die Wand und spürte deutlich die Erhebung des Türrahmens. Nicht zu wissen, was sich hinter dieser Tür verbarg, besorgte mich. Konnte am Ende jemand von der anderen Seite in mein Kämmerlein gelangen, während ich schlief? Tag für Tag beobachtete ich nun vor dem Einschlafen mit Argusaugen die Tür. Sie schien immer klarer hervorzutreten. Eines Abends konnte ich es vor lauter Neugierde nicht mehr aushalten und versuchte, die Türe zu öffnen. Meine Kräfte reichten nur, um einen Flügel der Tür einen schmalen Spalt breit aufzuziehen. Es war, als wolle jemand mein Eindringen verhindern. Entkräftet gab ich schließlich auf und schloss die Türe wieder. So ging es sieben Wochen lang jeden Abend, bis sich die Tür eines Abends etwas weiter öffnen ließ. Ich spähte durch den Spalt und was ich da erblickte, war seltsam und erschreckend: Hinter der Tür schien ein mächtiges Feuer zu lodern. Die folgenden sieben Wochen sah ich mir allabendlich das feurige Schauspiel an. Seltsam war nur, dass sich weder ein Prasseln noch der Geruch von Verbranntem wahrnehmen ließen. Dieses Feuer schien ohne Nahrung auszukommen.

Dann öffnete sich eines Nachts plötzlich die Flügeltür. Von meinem Bett aus sah ich durch den Türrahmen ein loderndes Feuer. Große Sehnsucht erfasste mich. Ich verließ mein Bett und ging wie ein Schlafwandler barfuß und im Nachthemd zu der Tür. Die Flammen schlugen hoch, wichen dann aber vor mir zur Seite und bildeten eine schmale Gasse. Es war unerträglich heiß, doch etwas zog mich unwiderstehlich an.

Wie lange der Weg mich durch die Flammen führte, weiß ich nicht. Als ich wieder zu Bewusstsein kam, schien es mir, als schaue ich ins Nichts der Unendlichkeit. Artus umfasste mich, ich fühlte seinen warmen Atem, seine sanften Hände. Ich konnte ihn nicht sehen, aber ganz deutlich spüren. Wir waren wieder vereint, ich hatte meinen Artus wieder, war erfüllt von unendlichem Glück und lange vermisster Geborgenheit.

Plötzlich hielt ich einen Brief in der Hand und Artus flüsterte mir zu: ›Ich gebe dir diesen Brief. Er ist der Schlüssel. Wenn du ihn liest, findet dein irdisches Leben sein Ende, deine Verwandlung beginnt. Dann werden wir für alle Zeiten wieder vereint sein. Du kannst den Zeitpunkt, wann wir uns wiedersehen, selbst bestimmen. Ich werde hier sein und auf dich warten.‹

Als ich wieder zu mir kam, stand ich in meiner Kammer vor der Flügeltür. Sie war verschlossen. Ich wusste, der Brief in meiner Hand war meine Eintrittskarte in eine andere Welt, in ein anderes Leben. Der Tod verlor seinen Schrecken, er erschien mir einfach wie der Sprung über einen schmalen Bach. Von diesem Tage an trug ich den Brief stets bei mir, ohne ihn je zu öffnen. Die unerträgliche Sehnsucht nach Artus war gewichen. Ich weiß, eines Tages werden wir uns wiedersehen, wir gehören zusammen. Wir sind zwei Teile einer Seele. Ich weiß nicht, wann ich diesen Brief öffnen werde. Ich bin mit meinem Leben versöhnt und kann es wieder lieben. Meine Aufgabe hier ist noch nicht zu Ende. Eines Tages werde ich alles erledigt haben, wofür ich hier bin. Dann werde ich Artus' Zeilen vielleicht lesen.«

Nachdenklich saß der Wächter eine Weile schweigend da. »Bist du denn gar nicht neugierig? Gib mir den Brief! Wenn du ihn nicht liest, werde ich es tun«, sagte er schließlich und riss Alma das Schreiben aus der Hand. Entsetzt schrie Alma: »Tu es nicht! Ich bitte dich, gib mir den Brief zurück. Ihn zu lesen, wird dich umbringen. Artus hat mir immer die Wahrheit gesagt. Wenn du den Brief liest, wirst du sterben.«

Der Wächter hörte nicht auf Almas Beschwörungen. Auch alle Versuche Almas, dem Mann das Schriftstück wieder abzunehmen, scheiterten. Schließlich gab sich die junge Frau geschlagen und wartete gefasst darauf, was geschehen würde.

Der uneinsichtige Wächter drehte sich dem Licht der Kerze zu, entfaltete den Brief und begann zu lesen. Besorgt beobachtete Alma sein Gesicht. Der Wächter wurde bleich. Er lehnte sich zu Alma herüber und griff nach ihrer Hand, als erwarte er von ihr Hilfe. Dann schloss er die Augen und sein Kopf kippte in Almas Schoss.

Alma stockte der Atem. Sie konnte nicht glauben, was geschehen war. Wie gebannt starrte sie auf den Toten. Lange Zeit konnte sie sich vor Schreck nicht bewegen. Als sie sich gesammelt hatte, nahm sie den Brief an sich, faltete ihn zusammen und steckte ihn in ihre Rocktasche. Was sollte sie tun? Kein Mensch würde ihr diese Geschichte glauben. Deshalb durfte niemand davon erfahren. Schnell zog sie den schwarzen Mantel, der für die Flucht der Königin bestimmt war, unter ihrer Kleidung hervor. Dann nahm sie dem toten Wächter den Schlüssel für die königliche Zelle vom Gürtel und öffnete die Tür.

»Majestät, es ist etwas Schreckliches geschehen«, keuchte sie Königin Silene entgegen. »Als ich die Treppe herunterkam, lag der Wächter tot auf der Holzbank. Nun darf ich keine Zeit verlieren, um wieder zurück nach oben zu kommen. Hier ist ein Brief von Prinz Laurus. Lest ihn und verbrennt ihn danach. Der schwarze Mantel ist für Eure Flucht gedacht. Ich nehme den vollen Korb wieder mit hinauf. Die Wachen dürfen nicht erfahren, dass ich mit Euch gesprochen habe. Ich werde ihnen sagen, der Wächter habe ohnmächtig auf der Holzbank gelegen, als ich Euch hätte besuchen wollen.«

»Das ist ja schrecklich«, erwiderte die Königin entsetzt. »Was ist dem Wächter denn nur zugestoßen? Ich hoffe, die Wachen glauben dir.«

»Macht Euch bitte keine Sorgen, Majestät. Die Wachen werden mir schon nichts anhaben. Ich hoffe inständig, dass wir uns bald unter freudigeren Umständen wiedersehen. Gott behüte Euch, Majestät.«

»Und dich, mein gutes Kind. Meine Gedanken begleiten dich.«

Alma tat, was sie sich vorgenommen hatte. Als die Wachen am Eingang von dem bewusstlosen Wächter auf der Holzbank erfuhren, stürmten sie sofort die Treppe hinunter. Einen Verdacht gegen Alma hegten sie nicht, und so konnte die gewitzte junge Frau ungehindert zurück in den Stall eilen. Livia kam Alma schon entgegen und fiel ihr um den Hals.

»Ich weiß, was geschehen ist«, flüsterte sie Alma ins Ohr. »Ich sehe und spüre so manches. Es wird gut sein, unseren lieben Freund Roderich von den Geschehnissen zu unterrichten. Außer uns sollte aber niemand davon erfahren.«

Zwanzigstes Kapitel

Abschiede

Lange hatte König Aurel seine Reise in den Norden vorbereitet, nun war der Tag gekommen. Zwanzig Pferde waren vor einen robusten, schweren Wagen gespannt worden. König Aurel hatte das Schloss viele Monate nicht mehr verlassen. Wegen seines hohen Körpergewichts konnte er kaum noch ohne Hilfe gehen. Eine Truppe besonders kräftiger Diener schleppte ihn in einer Sänfte nach unten in den Hof. Dort hatte sich eine große Menschenmenge versammelt. Das Volk wollte sich von seinem König verabschieden – und sich dabei insgeheim davon überzeugen, ob die Gerüchte um seine monströsen Ausmaße der Wahrheit entsprachen. Auch Livia und ihre Freunde samt Zita und Flavio waren Zeugen dieser Begebenheit. Kuno zog in weiten Kreisen über dem Trubel dahin. Damit Roderich besser sehen konnte, hatte Prinz Laurus ihn auf Flavios Rücken gesetzt.

»Rechts neben dem Wagen des Königs steht die Gräfin«, rief Roderich von seinem Aussichtspunkt zu den anderen hinunter. »Sie wird von einer Leibwache beschützt. Wahrscheinlich tut sie gut daran. Sie hat sich viele Feinde gemacht. Sie trägt wie immer feinste schwarze Seide und ihre Taille ist so eng geschnürt, dass sie eigentlich kaum Luft bekommen kann. Das Gesicht lässt sich nicht ganz erkennen, wie üblich hält sie sich die Nase mit einem Taschentuch zu. Den Geruch dieser vielen einfachen Menschen wird sie wohl nur schwer ertragen. Jetzt reicht sie dem König eine dicke Felldecke.«

»Hoffentlich wird dem bösen Weib richtig übel von unserem Geruch!«, schimpfte Alma lautstark nach oben.

»Seid still, jeder kann euch hören«, ermahnte Livia ihre Freunde. »Die Gräfin wird während der Abwesenheit des Königs die Staatsgeschäfte übernehmen. Dann sind wir ihr ausgeliefert, sie kann mit uns machen, was sie möchte. Wir müssen vorsichtiger sein als je zuvor.«

Auf einigen der schweren Rösser, die den königlichen Wagen zogen, saßen Reiter. Mit lautem Rufen und Schnalzen trieben sie die Pferde nun an und der Wagen setzte sich langsam in Bewegung. König Aurels mächtiger Leib ruhte schwer und breit auf weichen Kissen. Einem Pudding ähnlich schien seine Körpermasse durch das Ruckeln der Fahrt stetig zu zittern. Das Volk jubelte, als eine Heerschar von gerüsteten Reitern dem Wagen folgend mit Fahnen und Hellebarden den Schlosshof verließ. Der Zug wurde begleitet von Fanfaren und Trommeln. Jeder konnte gleich erkennen, dass hier ein König auf Reisen ging.

Der Schlosshof leerte sich, im Palast kehrte die angespannte Ruhe vor einem zu erwartenden Sturm ein. Niemand konnte genau sagen, für welche heimtückischen Pläne die Gräfin die Abwesenheit des Königs und ihre neu gewonnene Macht nutzen würde. Aber alle waren sich sicher, dass sie es tun würde.

»Wir dürfen keine Zeit verlieren«, erklärte Livia im Stall ihren Vertrauten. »Samarna erwartet eine schlimme Zeit. Wir müssen die Königin befreien und uns in Sicherheit bringen. Die Königin kennt den Fluchtplan. Morgen ist Neumond, da müssen wir handeln.«

Zu später Stunde am nächsten Abend machte sich Roderich mit dem neuen Schlüssel auf den Weg zum Kerkereingang. Seine Verbündeten, die Ameisenigel, hatten ganze Arbeit geleistet. Die Wachen lagen in tiefem Schlaf. Nichts würde sie wecken, bevor nicht sehr viel Zeit vergangen wäre. So konnte Roderich ungehindert und unbemerkt mit einer kleinen Laterne in der Hand in die Kellergewölbe hinuntersteigen. An feuchten Mauervorsprüngen und tiefschwarzen Nischen vorbei führte ihn sein Weg immer weiter in die Finsternis. Roderich musste all seinen Mut zusammennehmen, um immer wieder einen Fuß vor den anderen zu setzen.

»Alma ist doch schon oft hier unten gewesen«, dachte er. »Was für ein mutiges Mädchen diese Alma doch ist. Ich habe sie mehr als einmal unterschätzt. Immer ist sie für die

anderen da. Nie hört man aus ihrem Munde ein ›Nein‹ oder ›Das geht nicht, das will ich nicht, das mach ich nicht!‹. Wir können wirklich froh sein, Alma bei uns zu haben!«

Endlich erreichte der Zwerg die Zelle der Königin. Er steckte den nachgemachten Schlüssel ins Schloss. Das Herz schlug ihm bis zum Hals.

Königin Silene war vorbereitet. In ihrem schwarzen Umhang saß sie auf ihrer Holzpritsche und wartete, als Roderich fast lautlos eintrat.

»Kommt, Majestät, folgt mir! Wir müssen uns beeilen«, flüsterte Roderich Silene zu.

Die beiden schlüpften aus der Zelle und der Zwerg verschloss die Tür wieder, um keinen unnötigen Verdacht zu erregen und Zeit zu gewinnen. Schnell rannten die Fliehenden den endlosen Gang bis zur Treppe. Als Silene die beiden Wachsoldaten wie tot am Boden liegen sah, erschrak sie.

»Macht Euch keine Sorgen«, beruhigte sie Roderich. »Die Wachen sind am Leben, sie schlafen nur. Seht, dort drüben im Schatten der Palastmauern steht Prinz Laurus mit seinem Pferd.«

Die Königin eilte dem Prinzen entgegen, Roderich huschte davon in Richtung Stall. Der Prinz nickte der Königin sanft lächelnd zu. Dann drückten sie sich an den Mauern entlang, bis die Gebäude sich zum großen Park hin öffneten. Es galt, das unbewachte Nordtor zu erreichen. In der Natur der Parkanlage warfen alte Bäume ihre gespenstischen Schatten in die Nacht. Sie erinnerten an mächtige Gestalten, die in ihrem Leben viel gesehen und erlebt hatten. Unheimliches lag in dieser Dunkelheit. Der Atem des Windes bewegte dünnes Geäst, ließ es säuseln und knistern. Ein Waldkauz rief seine Totenklage. In der Nacht schien der Weg länger, bedrückender. Viele Gedanken beschäftigten die beiden, während sie schweigend voraneilten. Wenn sie nur endlich das Tor erreichen würden! Sobald es hinter ihnen läge, könnten sie im Galopp das Weite suchen. Der gefährlichste Teil der Flucht wäre dann geglückt.

Zunächst wollte die Königin Zuflucht im Schloss ihres Vaters in Hungaria suchen. Der alte König war vor einigen Jahren verstorben, aber ihre Mutter lebte noch dort. Silene sehnte sich nach ihrer Heimat. Sie hoffte auf ein friedvolles Leben in ihrer Heimat. Der Gedanke, dem Einfluss der Gräfin von Sinklau zu entkommen, erfüllte sie mit tiefer Freude, hegte die Gräfin doch die Absicht, die Königin bis an deren Lebensende als Machtpfand in den Händen zu behalten. Königin Silene sog die verheißene Freiheit mit jedem Atemzug ein. Die quälende Eintönigkeit in stetiger Dunkelheit hatte ihren Lebenswillen fast aufgezehrt. Wochenlang waren die kargen Mahlzeiten, von ständig wechselnden Kerkerknechten mit blassen, groben Gesichtern gebracht, die einzige Abwechslung gewesen. Endlich wieder die Wärme der Sonne zu spüren, das Rauschen eines Bachs, das Singen der Vögel zu hören, die lange Nacht hinter sich zu lassen, war Königin Silenes größte Hoffnung.

Endlich zeichneten sich vor ihnen die Gitter des Tores gegen den nächtlichen Hintergrund ab. Prinz Laurus öffnete die eisernen Flügel, das Ächzen der Scharniere durchdrang die Nacht. Plötzlich schlugen mit lautem Geklirr zwei Hellebarden vor den Flüchtenden zusammen und versperrten ihnen den Weg.

»Halt! Keinen Schritt weiter!«, erklang bedrohlich die Stimme einer Palastwache. »Wer schleicht hier um Mitternacht durch die Dunkelheit? Gebt euch zu erkennen!«

Silene und Laurus stockte das Blut in den Adern. Sie saßen in der Falle. Prinz Laurus zog sein Schwert. Sofort griffen ihn die Soldaten an. Das Klirren von Waffen zerschnitt die Luft. Der Prinz konnte nicht viel erkennen, er wusste nur, dass er gegen zwei Widersacher kämpfte. Tapfer setzte er sich zur Wehr. Von Kindesbeinen an war er im Schwertkampf unterwiesen worden, hatte schon in seiner Jugend zahlreiche Turniere gewonnen. Er musste die Wachen zur Strecke bringen.

Königin Silene stand wie versteinert am Rand des Geschehens. Wie hatte ihr Plan nur so scheitern können? Da mischte sich eine schrille Stimme zum Lärm des Schwertkampfs.

»Ihr habt wohl nicht bedacht, dass die Palastwachen bei Abwesenheit des Königs stets verstärkt werden«, zischte ihr die Gräfin siegesgewiss ins Ohr. »Dann werden auch die kleineren, verschlossenen Tore bewacht. Das wurde schon zu Zeiten des alten Kaisers Pinus so gehandhabt. Ihr hättet es wissen können.«

Ein Aufschrei, gefolgt von lautem Stöhnen, war zu vernehmen. Hinterrücks von einem Speer durchbohrt sank Prinz Laurus tödlich getroffen zu Boden. Die Wachen packten Königin Silene und führten sie ab. Das Pferd des Prinzen floh in wildem Schrecken in den schützenden Mantel der Nacht.

Einundzwanzigstes Kapitel

Roderichs Reise

Der hinterrücks ermordete Prinz Laurus wurde des Hochverrats bezichtigt. Natürlich berichtete die Gräfin von Sinklau seinem Bruder König Aurel höchstpersönlich in einem langen Schreiben von den Vorfällen. Der Prinz wurde in aller Stille beigesetzt. Als Mitglied der königlichen Familie bestattete man ihn trotz der Vorwürfe, die gegen ihn erhoben worden waren, in der königlichen Gruft. Livia, Roderich und Alma erwiesen ihm die letzte Ehre und legten ihm seine keltische Harfe auf den Sarg. Livias, Roderichs und Almas Rolle bei der missglückten Flucht der Königin blieb der Gräfin und ihren Helfershelfern verborgen, keine Spur führte zu den Freunden in den Stall.

In den langen Gängen der Stallungen war es still geworden. Ein Großteil der Pferde war mit dem König an die Nordfront gezogen. Livia, Flavio, Alma, Roderich, Zita und Kuno fühlten sich einsam ohne ihre Mitbewohner. Die Trauer um Prinz Laurus ließ die Freunde noch enger zusammenrücken. In diesen schweren Tagen des Umbruchs gab ihnen der Eid, den sie geleistet hatten, Halt. Gemeinsam war das Leid leichter zu ertragen.

Tagelang war Livia in Gedanken versunken gewesen und hatte kaum gesprochen. Deshalb überraschte es die Freunde, als sie sich plötzlich in bestimmtem Ton an sie wandte: »Meine lieben Freunde, ich habe einen Entschluss gefasst! Lasst uns hier nicht unsere Zeit in Untätigkeit und Trauer vergeuden. Wir sollten handeln. Wir müssen Königin Silene befreien, und wenn es das Letzte ist, was ich tue. Wir müssen einen neuen Fluchtplan schmieden. Ohne die Hilfe des Prinzen wird das gewiss nicht leicht, aber wir haben keine Wahl. Niemand wird so bald nach Königin Silenes erstem Fluchtversuch mit einem zweiten rechnen. Aus diesem Grund sollten wir sofort handeln.«

Keiner der Freunde widersprach. Sie vertrauten Livias Instinkten.

»Roderich und Zita«, fuhr Livia fort, »für euch habe ich eine besonders wichtige Aufgabe: Etwa drei Tagesritte vor der Ostgrenze Samarnas liegt einsam ein kleines Landgut. Es gehört einer Freundin der Königin. Sie kommt auch aus Thesauria und heißt Ariadne von Waslawy. Sollte es uns gelingen, die Königin zu befreien, benötigen wir auf dem Weg nach Thesauria eine Herberge für die Nacht. Das Haus dieser Freundin scheint mir die geeignete Raststätte für unsere Königin zu sein. Wir können ihr vertrauen. Ihr müsst sie bitten, alles vorzubereiten. Schon beim letzten Mal hatte Prinz Laurus vor, die Königin dorthin zu bringen. Nun werden Flavio und ich diese Aufgabe übernehmen. Ihr solltet euch gleich morgen in aller Frühe auf den Weg machen. Ich werde euch eine Karte zeichnen, damit ihr ohne Probleme zu ihr findet. Alma wird euch mit dem nötigen Proviant versorgen. In einer Woche müsstet ihr zurück sein. Viel Glück!«

Roderich hob die Hand: »Nicht so schnell«, sagte er, »einen Moment noch. Ich habe noch einen Vorschlag. Es könnte hilfreich sein, die Baupläne des Schlosses zu studieren, bevor wir uns ins Abenteuer stürzen. Ich hatte die große Mappe mit den Zeichnungen aus den Beständen der kaiserlichen Bibliothek für deinen Unterricht mitgebracht. Sie befindet sich bei den Büchern unter deinem Bett. Königin Silene hütete diese Bücher wie ihren Augapfel. Wenn ich mich recht erinnere, ist darauf eine Zisterne vermerkt, die sich bis hinter die Schlossmauern erstreckt. Alle Zisternen der Palastanlage sind wie ein unterirdisches Netz miteinander verbunden. Ich bin mir sicher, dass es von der Außenzisterne einen Weg in den Kerker geben muss. Auf den alten Plänen lässt es sich herausfinden. Während wir zu Ariadne von Waslawy reisen, kannst du die Baupläne studieren. Wir müssen aus unseren Fehlern lernen, und Tore, ob bewacht oder unbewacht, künftig unter allen Umständen meiden. Diesmal muss alles gut durchdacht und vorbereitet sein.«

Noch bevor der Morgen des nächsten Tages graute, brachen Roderich und Zita auf. Alma hatte sie mit allem Nötigen versorgt und verabschiedet. Livia und Flavio schliefen noch. Ein Zwerg mit einer Ziege war für die Wachen am großen Haupttor nicht interessant, ungehindert konnten sie passieren. Kuno hatte beschlossen, die Reisenden zu begleiten. Er flog immer ein Stück voraus, um auszukundschaften, was sie auf dem Weg erwartete. Aus der

Vogelperspektive konnte man so unendlich viel weiter sehen! Da sich alle Tiere untereinander verständigen können, war es Zita möglich, Kunos Bericht zu verstehen und darauf zu reagieren. Als Kuno etwa in der Dämmerung eine dunkle Reitergruppe auf Zita und Roderich zukommen sah, gab er der Ziege ein Zeichen, schnell den Pfad zu verlassen, um die Entgegenkommenden an ihnen vorbeiziehen zu lassen und kein Risiko einzugehen. Eine weiße Goldhornziege war von einigem Wert.

Als Zita und Roderich die Ausläufer der Haupstadt hinter sich gelassen hatten, führte der Weg durch weitläufige Felder. Das goldgelbe Getreide war dicht gewachsen und versprach reichliche Ernte. Es stand so hoch, dass es Ziege und Reiter fast überragte und verbarg. Nur Kuno behielt die beiden Freunde aufmerksam im Auge.

Die Herbstsonne brannte auf den unbeschatteten Weg. Alma hatte ihnen reichlich Wasser eingepackt, aber auch Zitas nahrhafte Milch war eine Wohltat gegen Hunger und Durst. Am Ufer eines plätschernden Bachlaufs hatte Roderich ein großes Blatt des Huflattichs, *Tussilago farfara*, gepflückt und sich daraus einen Sonnenhut geformt, der der Hofmode zwar gewiss nicht entsprach, ihm aber besonders gut stand und perfekt seinem Zweck diente.

Am Königshof hatte die Gräfin einige Zeit zuvor Kleidung in allzu kräftigen Farben verboten. Es wurden nur noch Stoffe in Grau oder Schwarz angeboten. Die Bekleidung hatte einer einheitlichen Norm zu entsprechen. Schmückendes und Farbenfrohes galt als dekadent. Längst hatten alle begabten und interessanten Persönlichkeiten dem Hof freiwillig den Rücken gekehrt oder waren vertrieben worden. Die Feste am Hof wurden durch Staatsakte ersetzt, bei denen die Gräfin von der hohen Kanzel des Domes predigte, wie die Bewohner Samarnas sich zu verhalten hätten und wie sie dem Lande am besten dienen könnten. Das Leben am Hof war grau geworden ohne Musik und Theater, ohne Farben und Fantasie. Ein trister Einheitsgeist hatte das Land im Griff.

Für Wesen wie Roderich, die schon auf den ersten Blick als anders zu erkennen waren, gab es keine Nische mehr in dieser Gesellschaft. Er sei eine Missgeburt, ein Fehler der Natur, hatte ihn die Gräfin von Sinklau erst kürzlich beschimpft. So fühlte sich Roderich denn auch wie befreit und atmete auf, als er die Enge des Hofs hinter sich gelassen hatte. Für Zita, der kulinarische Genüsse die größte Freude im Leben bedeutete, waren die köstlichen Kräuter am Wegesrand eine überraschende Abwechslung zum höfischen Speiseplan. Den hatte Alma zwar stets so gut wie möglich verfeinert, aber der Geschmacksvielfalt von Mutter Natur konnten selbst ihre Kochkünste nicht das Wasser reichen. Ziege und

Zwerg fühlten sich in der unendlichen Freiheit der weiten Natur wie neugeboren, sie waren zufrieden und glücklich.

Ganz frei, und doch so geborgen, kam Roderich ein Gedicht in den Sinn, das er vor langer Zeit einmal gelesen und sich eingeprägt hatte:

Der Himmel, endlos ausgespannt,
Ist dein geliebtes Heimatland;
O glücklich, wer, wohin er geht,
Doch auf der Heimat Boden steht!

Roderich waren Länder und Nationen wie Samarna oder Thesauria gleichgültig. Heimisch fühlte er sich da, wo er frei war. Er mochte es nicht, gegängelt und durch Vorschriften eingeschränkt zu werden. Die Gräfin jedoch verfolgte das Ziel, ein ganzes Volk und seine Kultur in einen trostlosen Einheitsbrei zu verwandeln.

In derlei Gedanken vertieft saß Roderich auf Zitas schmalem Rücken und ließ sich sanft von ihrem Gang schaukeln. Ein dunkler Wald lag vor ihnen. Die Dämmerung kündigte sich an. Die Bäume boten Sicherheit und Schutz. In einem alten, verlassenen Waldameisenhaufen fanden die beiden ein weiches und trockenes Lager für die Nacht.

Die müden Wanderer schlummerten tief und fest, bis der Gesang der Waldvögel sie im Morgengrauen weckte. Die Nachtruhe hatte den beiden neue Kraft geschenkt. Sie ließen den Wald hinter sich und blickten zur rechten Seite auf unbesiedelte Hügel, die gefleckt waren wie das Fell eines Tieres. In hellem und dunklem Grün wechselten unregelmäßig Wiesen und Wälder. Morgennebel zogen darüber hinweg wie erwachende Geister, überließen die Bühne aber bald einem weiten, blauen Himmel. Ein steiler Pass führte Roderich und Zita in engen Serpentinen hoch hinauf in die Berge. Der Blick öffnete sich auf baumlose Erhebungen, auf weiten Almen weideten Schafe und Ziegen. Kühl war es in dieser Höhe.

Gegen Abend erreichten Zita und Roderich oben in einsamer Lage einen kleinen Bauernhof, zu dem ein Gasthaus gehörte. Es erschien ihnen ratsam, hier die Nacht zu verbringen. Der Gastwirt wunderte sich zwar über die seltsamen Gäste, war aber überaus freundlich. Richtig erstaunt war er dann, als Roderich den Wunsch äußerte, bei Zita im Stall sein Nachtlager aufzuschlagen. Schon des Geldes wegen, hätte er dem Zwerg lieber ein vornehmeres Zimmer zugewiesen, doch er respektierte den Wunsch seines Gastes. Hinter dem

Haus hatte Roderich eine große, mit Blutspuren beschmierte Wanne entdeckt, die vermuten ließ, dass hier erst kürzlich ein Tier geschlachtet worden war. Angesichts dieses Behältnisses beruhigte es Roderich, die ganze Nacht neben Zita verbringen zu können. Kuno schlief ganz in der Nähe der beiden im Dachgebälk des Stalles neben den Schwalbennestern an der Wand.

Die Nacht war still und Roderich schlief nach den Strapazen des Tages fest wie ein Stein. Da wurde auf einmal leise die Stalltür geöffnet. Lautlos trat der Wirt ein und schlich mit zielstrebigen Schritten auf Zita zu. Das Tier erwachte und fing vor Angst sofort an, lautstark zu meckern. Kuno schreckte auf und erkannte die Gefahr. Mit wilden Flügelschlägen flatterte er dem Wirt vor dem Gesicht herum. Er wusste, was der Wirt im Schilde führte, und tschilpte und kreischte, so laut er konnte. Aber er musste feststellen, dass sich der Bösewicht von einem kleinen Sperling nicht einschüchtern ließ. Also begann Kuno, auf Roderich einzupicken, um ihn zu wecken, doch der war ganz weit weg und träumte von fernen Ländern und sonderbaren Wesen. Ungehindert konnte der Wirt Zita an den Hörnern packen und sie mit grober Gewalt mit sich ziehen. Die Ziege stemmte sich mit aller Kraft gegen den Zug des Mannes, musste aber schließlich aufgeben.

Im Innenhof war die Wirtin bereits dabei, die Messer für die Schlachtung zu wetzen. In einem großen Kessel brodelte kochendes Wasser. Zita wusste, dass ihr letztes Stündlein geschlagen hatte, wenn nicht ein Wunder geschah. Sie blökte laut, bäumte sich auf und schlug mit den Hufen nach hinten und vorn aus. Die Todesangst verlieh ihr ungeahnte Kräfte. Plötzlich war es nicht mehr die Ziege, die schrie, sondern der Wirt. Er schrie, als wäre sein Leib von tausend Spießen durchbohrt worden.

Von dem Geschrei des Wirts erwachte schließlich auch Roderich und lief, als er Zita nicht finden konnte, hinaus in den Hof. Dort bot sich ihm ein erschreckendes Bild. Die Hände des Wirtes glühten, Zitas goldene Hörner standen in Flammen. Dennoch konnte der Mann die Hände nicht von den brennenden Hörnern lösen. Sie hielten sie fest umklammert. Als es dem Wirt endlich gelang, sich zu befreien, rannte er schreiend zur Pferdetränke und stürzte sich kopfüber hinein. Die Wirtin ließ das Schlachtmesser fallen und erstarrte stumm in nacktem Entsetzen.

Roderich zog Zita vom Hof in den Stall. Dort holte er ihr Gepäck und sie brachen auf. Er wollte so weit wie möglich fort sein, wenn die Wirtsleute wieder zu sich kämen. Noch immer ganz aufgeregt schmiegte sich die Ziege an ihn. Roderich konnte sich nicht erklären, was er da eben erlebt hatte. Ihm war bewusst gewesen, dass Zita ein außergewöhnliches Geschöpf war, aber solche magischen Fähigkeiten hatte er nicht in ihr vermutet.

Einundzwanzigstes Kapitel

Auf einer lichtdurchfluteten Terrasse war unter einem großen, weißen Sonnensegel ein Tisch mit edlem Porzellan und goldenem Besteck zum Kaffee gedeckt worden. Der runde Tisch war mit einem weißen Tuch bedeckt und eine große, kunstvoll verzierte Sahnetorte stand in seiner Mitte. Man schien Gäste zu erwarten. Das berichtete Kuno seiner gehörnten Weggefährtin, als er von seinem Erkundungsflug zurückgekehrt war. Zita lief das Wasser im Maul zusammen. Inständig hoffte sie, die Sahnetorte wäre für ihren Empfang bestimmt. Roderich, der Zwerg, verstand nichts von dem, was Kuno erzählte. Aber die Erleichterung darüber, die vergangene Nacht unbeschadet überstanden zu haben, ließ auch ihn freudig voranschreiten.

Am Horizont waren sanfte Hügel zu sehen. Auf halbem Weg dorthin ragte ein mächtiges Gebilde in den Himmel: ein Baum von gewaltigem Ausmaß, größer als jeder andere, den Roderich je gesehen hatte. Seine Äste schienen sich mit den Wölkchen am Himmel zu verweben.

Erstaunt stellte Roderich fest, dass Zita in einen strammen Trab verfallen war. Die Vorfreude auf die Sahnetorte trieb das Tier voran.

Der große Baum stand inmitten des Gartens der Ariadne von Waslawy. Auf der Wiese vor dem Anwesen weidete zwischen blühenden Fliederbüschen ein prächtiges Ross. Als die beiden Reisenden das Grundstück betraten und Kuno angeflogen kam, hob das Pferd den Kopf und kam ihnen dann freudig wiehernd entgegen. Sofort erkannten Roderich, Zita und Kuno Martin, den treuen Freund des Prinzen Laurus. In der Unglücksnacht, in der der Prinz ermordet wurde, war Martin geflohen und hatte bei Ariadne von Waslawy Zuflucht gefunden.

Ein breiter Strohhut schützte Ariadne von Waslawy vor der Sonne. Barfuß kam sie die Steinstufen vor ihrem Haus heruntergeschritten, um ihre weit gereisten Gäste zu begrüßen. Ihr Kleid schien aus tausend Tulpen- und Mohnblättern gefertigt zu sein. Die Gräfin bot einen Anblick wie im Traum, ihr herrliches Gewand rauschte wie ein sanfter Sommerwind. Roderichs Wangen glühten, er war überwältigt von der Schönheit seiner Gastgeberin.

Nach einer herzlichen Begrüßung führte die Dame ihn durch ihren bunten Garten. Ein Meer von Blüten lag vor ihnen. Nie hatte Roderich eine solche Pflanzenpracht gesehen. Selbst die herrlichen Gärten des Kaisers Pinus von Samarna erschienen eintönig und fad gegen dieses blühende Wunder. Viele Jahre hatte Roderich die Hofgärten in Samarna betreut, er kannte jede Pflanze beim Namen. Der Wundergarten der Gräfin von Waslavy jedoch führte selbst sein Wissen an seine Grenzen und gab ihm das Gefühl, in ein Märchenland geraten zu sein.

Schneeglöckchen, Märzenbecher und Maiglöckchen blühten zusammen um die Wette. Darüber breiteten alte Eichen und Buchen ihre schützenden Arme aus. Sie warfen sanfte Schatten auf die weißen Blütenfelder. Durch zahllose Rosenbögen öffnete sich der Blick auf eine blaue und weiße Chrysanthemenpracht. Alleen blühender Obstbäume wirkten wie von Schnee bedeckt. Die Luft war erfüllt vom süßen, schweren Duft unzähliger Rosen. Weit über die Grenzen des Zaubergartens hinweg trug der Wind den Bienen ihren Duft zu. Herbst-, Frühlings- und Sommerblumen standen hier zur selben Zeit in voller Blüte. Tulpen vermischten sich mit Lilien und Hyazinthen. Der Duft war betäubend, er raubte einem die Sinne. Benommen vor Glück ließ Roderich den Blick schweifen.

»Wir kennen in diesem Garten keine Jahreszeiten«, bestätigte Ariadne Roderichs Beobachtungen. »Warum das so ist, konnte auch ich noch nicht ergründen. Vielleicht wirken hier die Gesetze perfekter Harmonie. Die gelb und orange blühenden Blumen vermischen sich nicht mit blauen und solchen in anderen Farbtönen. Sie suchen sich eigene Plätze und bilden, getrennt von den anderen, hellgelbe, gelbe und feuerfarbene Wiesen. Nur die weißen Blumen mischen sich unter die anderen und verbinden alle Farben zu fließenden Kaskaden. Die Notwendigkeit, in der kurzen Zeitspanne bis zum Herbst ihre Samen entwickeln zu müssen, kennen die Pflanzen in diesem Garten nicht. Auch kalte Winter sind ihnen unbekannt. In diesem Garten ist immer Sommer, als hätte jemand eine schützende Glocke über den Garten gestülpt. Rundherum kann es frieren und schneien, jenseits der Grenzen ruht zur Winterzeit alles im Schnee. Deshalb kommen im Winter viele Vögel und andere Tiere zu uns. Hier gibt es reichlich Futter für alle. Wenn du deine Ohren spitzt, hörst du die Vögel singen. Ihre Lieder klingen hier viel melodischer als außerhalb des Gartens. Bevor sich die Sonne hinter den Horizont zurückzieht, singen und pfeifen alle gemeinsam. Jeder musiziert sein eigenes Lied, und doch bildet sich aus allen zusammen ein Klanggewebe von harmonischer Schönheit.«

Der einzigartige Rundgang endete vor der Terrasse. Das Sonnensegel spendete Schatten und tanzte im Sommerwind. In einer Ecke, nicht weit von der Tafel entfernt, lag Zita und leckte sich genüsslich das Maul. Als sie Roderich und Ariadne bemerkte, erhob sie sich mit betretenem Gesichtsausdruck. Die herrliche Sahnetorte, auf die sich auch Roderich nach der langen Wanderung sehr gefreut hatte, war verzehrt.

»Nun«, bemerkte Ariadne von Waslawy mit einem verständnisvollen Lächeln, »unsere Zita scheint sehr genau zu wissen, welche Leckerbissen sie bevorzugt.«

Sie klingelte mit einem goldenen Glöckchen. Geschwind erschien ein Zwergenfräulein mit einem großen Schokoladenkuchen, als hätte man Zitas Vorliebe für üppige Torten bereits vorausgeahnt. Auf einem Teller mit Goldrand wurde die Köstlichkeit serviert. Auch diesmal ging Zita nicht leer aus.

Als sie gesättigt und zufrieden beisammen saßen, hatte Roderich viele Fragen an die schöne Gräfin.

»Wie mag dieser unglaubliche Garten nur entstanden sein?«, überlegte er. »Er muss aus einer Zeit vor der unseren stammen. Wissen Sie mehr darüber?«

»Du hast ganz recht, mein Lieber«, gab Ariadne zur Antwort. »Der Garten ist älter, als du dir vorstellen kannst – viele tausend Jahre alt. Den Zeitpunkt der Entstehung kann niemand benennen. Als unser Planet jung war, erhob sich dieser Kontinent aus heißen Lavafluten und kühlte ab. Darüber lag in unerreichbarer Höhe das Paradies mit seinen unermesslichen Wäldern. Der Legende nach soll ein Samen des Baumes der Erkenntnis auf dieses neue, unschuldige Land herabgefallen sein. Er keimte und wuchs heran zum ersten aller Bäume. Er trotzte allen Stürmen, Bränden und Äxten. Ich kenne kein Lebewesen, das edler, stolzer und verehrungswürdiger wäre als dieser Baum. Mir scheint, es ruhen große Geister in ihm. Ich wünschte, ich könnte seine Sprache verstehen. Vor vielen Jahren versuchte König Aurel, mir dieses Land und meinen Garten zu nehmen. Damals hat Königin Silene für mich gestritten, sodass ich weiterhin die Hüterin dieses Wunderreiches bleiben durfte. Ihr verdanke ich, noch hier zu sein.«

»Ich sah den heiligen Riesenbaum schon von Weitem«, erwiderte Roderich nachdenklich, »und wusste sofort, dass etwas Magisches an ihm ist. Ich hoffe, eines Tages wird mich mein Weg wieder an diesen Ort führen. Hier wohnt der Frieden, den ich suche.«

Roderich war so tief bewegt und weit entfernt von allem Bösen, dass er fast vergessen hätte, weshalb sie gekommen waren. Doch bald fielen ihm die Freunde, die er zurückgelassen hatte, wieder ein. Er überreichte Ariadne Livias Brief.

Als Ariadne gelesen hatte, sagte sie: »Ich freue mich sehr, die gütige Königin von Samarna an einem der kommenden Neumonde in meinem Haus empfangen zu dürfen. Vielleicht kann ich dann auch endlich Livia mit ihrem berühmten Pferd Flavio kennenlernen. Ich bin zuversichtlich, dass die Flucht diesmal gelingen wird. Die Macht der Gräfin von Sinklau muss gebrochen werden, sonst ist Samarna verloren.«

Zweiundzwanzigstes Kapitel

Die Heimreise

Am nächsten Tag hieß es Abschied nehmen.

»Ihr findet immer ein Zuhause bei mir«, gab Ariadne von Waslawy den Reisenden mit auf den Weg. Noch lange stand sie am Eingang zu ihrem Garten und winkte mit ihrem breitrandigen Strohhut.

Außerhalb des Wundergartens war der Sommer dabei, sich zu verabschieden. Scharfe Brisen kündigten kühlere Herbsttage an. Die Viehherden, die die Sommermonate auf den Almen verbracht hatten, wurden von ihren Hirten in die Täler hinuntergetrieben. Roderich, Zita und Kuno hatten bereits fast die Hälfte der Wegstrecke hinter sich, als ihnen plötzlich ein starker Wind entgegenbrauste. Er machte das Vorwärtskommen schwer. Roderich stieg von Zitas Rücken, gegen den Sturm konnten sie getrennt besser vorankommen.

Der Sturm wurde heftiger und zerrte an allem, was sich ihm entgegenstellte. Der Himmel verdunkelte sich. Schwere Gewitterwolken rollten heran und ließen Schlimmes erahnen. Bald prasselten Hagelschauer auf die Reisenden nieder. Die Eiskörner wurden größer und schwerer, es wurde kalt. Die Gegend war unbesiedelt und flach, weit und breit bot sich keine Möglichkeit, Schutz vor dem zornigen Wetter zu suchen. Zita und Roderich sehnten sich nach Livias warmen Elfendecken. Vor ihrer Abreise hatten sie nicht daran gedacht, sie einzupacken. Langsam wandelte sich der Hagel in Schnee. Dicht fielen die Flocken, man konnte kaum die Hand vor Augen erkennen. Das Vorwärtskommen fiel schwer, mit jedem Schritt schienen sie durch tieferen Schnee waten zu müssen.

Roderich war stärker, er ging voraus. Aber in diesem Unwetter war es kaum möglich, die Orientierung zu behalten. Kein Weg war zu sehen, kein Baum, nur Schnee. Der Sturm verwehte alle Spuren. Einen so plötzlichen und machtvollen Wintereinbruch hatte Samarna seit vielen Jahren nicht erlebt.

Tapfer kämpften sich Roderich und Zita voran. Für einen Augenblick erschien es Roderich, als könne er am Horizont eine Erhebung ausmachen. Wie sehr hoffte er, dass dies kein Wunschbild seiner Fantasie war, sondern ein wirklicher Orientierungspunkt, vielleicht ein Unterstand. Erschöpfung und Hunger machten beiden zu schaffen, aber sie mussten weiter.

Auch in der Hauptstadt Samarnas hatte der Wintersturm zugeschlagen. Inzwischen hatte der Schneefall zwar aufgehört, aber die Spuren des heftigen Unwetters waren auch hier deutlich zu sehen. Der alten Linde waren mehrere ihrer starken Äste abgebrochen. Da sie noch in vollem Laub gestanden hatte, hatte der Schnee sich mit ganzer Last darauf niederlassen können. Im Park und auf den Alleen lagen zahlreiche Bäume entwurzelt. Die Ernte war noch nicht eingebracht und so vollständig vernichtet worden, Viehherden hatten ihre Stallungen nicht schnell genug erreichen können und waren erfroren. Dem Land drohte eine Hungersnot. Die Bevölkerung musste sich aus den restlichen Vorräten des Vorjahres versorgen, doch diese gingen langsam zur Neige – und der eigentliche Winter stand erst noch bevor.

Im warmen Stall des Königspalastes waren Livia, Alma und Flavio in großer Sorge. Seit vielen Tagen warteten sie vergebens auf die Rückkehr der Wanderer. Livia befürchtete das Schlimmste. Die Hoffnung, Roderich, Zita und Kuno wiederzusehen, schwand mit jedem Tag. Flavio wollte nicht mehr fressen und war schon sichtlich abgemagert und schwach. Alma versuchte ihrer Besorgnis mit Zorn zu begegnen: »Je mehr wir uns grämen, desto größer ist der Triumph der Gräfin von Sinklau«, schimpfte sie. »Ich habe sie sagen hören, wie glücklich es sie mache, dass die stinkende Ziege endlich nicht mehr im Palast sei. Und dass der Anblick dieser Missgeburt von einem Zwerg ihre Augen nicht mehr beleidige, sei eine Wohltat. Ja, das hat sie gesagt, dieses Scheusal. Wahrscheinlich hat sie den Schneesturm heraufbeschworen, diese böse Hexe!«

Plötzlich mischte sich ein zartes Klopfen am Fenster mit Almas empörter Stimme. Livia hob den von Tränen verschleierten Blick und traute ihren Augen kaum: Vor dem Fenster saß Kuno und pickte mit dem Schnabel gegen die Scheibe. Als sie ihn hereingelassen hatten,

flog er aufgeregt im Stall hin und her und tschilpte. Livia übersetzte den anderen, was er mitteilen wollte: »Sie kommen, sie kommen! «, sagte sie mit schwacher Stimme.

Die Freunde versammelten sich am Fenster und warteten. Dann, nach scheinbar unendlich langer Zeit, kamen Roderich und Zita durch den Schlosshof gestapft, direkt auf den Stall zu. Die Freude war unbeschreiblich, aller Kummer vergessen. Die Reisenden wurden mit Jubel in Empfang genommen und zunächst einmal mit den wärmenden Elfendecken und Roderich mit trockener Kleidung versorgt.

»Alma, bitte bring uns etwas zu essen und zu trinken«, bat Livia. »Spann uns nicht länger auf die Folter«, wandte sie sich dann an Roderich. »Wir wollen hören, was ihr erlebt habt. Ich kann kaum glauben, dass wir alle wieder vereint sind.«

Wenig später saßen alle gemütlich bei belegten Broten, Kuchen und heißer Schokolade, die Alma aus der Küche gebracht hatte, beisammen. Zita fraß genüsslich von dem warmen Brot aus den Elfenkörben. Dann begann Roderich im getragenen Tonfall des kaiserlichen Vorlesers zu erzählen:

»Wir kämpften ums Überleben. Ich tastete mich voran, Zita folgte mir. Wir kamen vom Weg ab und verloren die Orientierung. Der Sturm toste uns um die Ohren und türmte den Schnee von einem Augenblick zum nächsten zu immer neuen Gebirgen auf. Am besten erging es noch Kuno. Der konnte in einer meiner Wamstaschen Unterschlupf finden.

Als das Schneetreiben für einen Moment schwächer wurde, deutete sich in der Ferne eine Erhebung an. Dorthin kämpften wir uns weiter. Aber unsere Kräfte reichten nicht aus. Kurz vor dem Ziel brachen wir erschöpft zusammen und verloren das Bewusstsein. Ich weiß nicht, wie lange wir so im Schnee gelegen hatten, bis ich wieder zu mir kam. Der Schnee hatte uns fast vollständig zugedeckt. Zita schien tot zu sein, aber als ich sie rüttelte, wachte auch sie auf. Wir schleppten uns die letzten Meter zu der vermuteten Erhebung. Es war eine große Heudieme. Ein Bauer hatte hier sein Heu zum Trocknen aufgestellt. Mit letzter Kraft bohrte ich einen Zugang durch die Halme und zog die halb erfrorene Zita hinter mir hinein. Aneinandergeschmiegt und mit Heu zugedeckt wurde uns langsam wieder etwas wärmer. Draußen blies der Sturm wütend um unseren Unterschlupf. Wir waren dem schrecklichen Wetterdämon mit knapper Not entkommen.

Ariadne von Waslawy hatte uns für die Rückreise mit Proviant versorgt. Mein Hunger war groß, die Brote waren schnell verzehrt.

Draußen hörte es zwar irgendwann auf zu schneien und die dunklen Wolken verzogen sich, aber der Schnee lag so hoch auf unserer schützenden Höhle, dass wir sie nicht verlassen konnten. Ein Tag nach dem anderen verging. Wir warteten im Heu. Zita schlug sich von dem getrockneten Gras den Bauch voll, Kuno fand zwischen den trockenen Grashalmen reichlich Körner und Samen, um seinen Hunger zu stillen. Mein Überleben habe ich Zita zu verdanken. Wann immer ich hungrig war, durfte ich von ihrer nahrhaften Milch trinken. Wäre ich allein gereist, hätte ich das Unglück nicht überlebt. Hoch lebe unsere Zita!«

»Hoch lebe unsere Zita!«, stimmten die anderen in den Jubel ein. Flavio wieherte, Zita meckerte und Kuno flatterte über ihren Köpfen umher. Es war viel Freude im Stall.

Als nach einer Weile Ruhe eingekehrt war und alle satt, warm und zufrieden ihren Gedanken nachhingen, sagte Livia: »Roderich, du sollst dich von den Strapazen erholen. Aber vergiss bitte unseren Fluchtplan nicht. Noch immer sitzt unsere Königin im Kerker. Ich hoffe, sie lebt noch.«

Sofort war Roderich auf den Beinen. Mit Livia beugte er sich über die alten Pläne des Schlosses und studierte das Netz der Zisternen.

»Deine Vermutung war richtig«, erklärte ihm Livia. »Es gibt eine Zisterne außerhalb der Schlossmauern.«

Roderich nickte. »Sollten die Gänge nicht eingestürzt sein, müssten wir nur die richtige Abzweigung des Geheimgangs finden. Dann wären wir in einem Tunnel, der direkt unter den Schlossmauern hindurch zur Zisterne und in die Freiheit führt. Ich lasse mich morgen von Alma wieder unter ihrem Rock an den Wachen vorbeischmuggeln und mache mir ein Bild von der Lage.«

Am Abend des nächsten Tages war Roderich bester Laune. Er hatte gute Nachrichten: »Das geheime Wegenetz verläuft genau so, wie wir nach den Plänen vermutet hatten. Die Königin wird sich gelegentlich zwar etwas bücken müssen, denn die Gänge sind niedrig, aber das ist zu schaffen, denke ich. Nur am Ende des Weges wird es schwierig. Wir müssen an der steilen Wand der Zisterne hinaufklettern. Es gibt keine Treppe. Früher überwand man solche Hindernisse mithilfe von Strickleitern.«

Roderich hielt kurz inne und kratzte sich am Kopf. »Da fällt mir etwas ein. In dem Turm am äußersten Rand des Parks, ganz in der Nähe des alten Hauses der Gräfin von Sinklau, müsste sich eine Strickleiter befinden. Woher ich das weiß, erzähle ich euch ein anderes Mal.«

»Mein lieber Roderich«, schmunzelte Livia, »du kennst so viele Geschichten, dass die Langeweile bei dir verkümmern würde! Eines Tages nehme ich dich beim Wort und du musst mir die Geschichte von der Strickleiter erzählen.«

Am nächsten Tag machte sich Roderich mit einer Schubkarre aus der Hofgärtnerei durch Gebüsche und über Kieswege auf den Weg ans äußerste Ende des Parks. Er wusste noch, an welchem Ort die Gräfin von Sinklau vor langer Zeit den Turmschlüssel versteckt hatte. Es war fast wie damals, als Roderich mit der dunklen Dame die Strickeiter geholt hatte, um das kostbare Buch aus dem Brunnen zu bergen. Dieses Mal allerdings war Roderich allein, er tat etwas Verbotenes. Im Turm war es kalt und unheimlich. Wenig Licht drang durch die schmalen Maueröffnungen der dicken Wände. Seine Augen mussten sich erst an die Dunkelheit gewöhnen.

In einer dunklen Ecke fand Roderich schließlich die Strickleiter. Es schien, als sei die Leiter seit damals nicht verwendet worden. Roderich hob sie in seine Schubkarre und strebte dem Ausgang zu, als er eine Entdeckung machte. In einer Nische kurz vor dem Ausgang lag etwas. Es glich einem großen, hellen Gewebe, das von Staub überzogen war. Er griff nach dem Bündel und erkannte sofort, was dort seit langer Zeit versteckt gelegen hatte: Am Hochzeitstag von König Aurel und Königin Silene hatte ein starker Wind den Brautschleier der Königin fortgetragen und in den Lindenbaum im Schlosshof geweht. Am nächsten Morgen war der Schleier verschwunden gewesen. Roderich fiel es wie Schuppen von den Augen. Die Gräfin von Sinklau musste den Brautschleier in ihren Besitz gebracht haben. Instinktiv legte Roderich den Schleier in die Schubkarre. In den Händen der Gräfin konnte er nichts Gutes bringen. Dann machte er sich mit seiner Beute auf den Rückweg und gelangte ungesehen zurück in den Stall. Zusammen mit Livia, der er von seinem Fund erzählte, versteckte er den Schleier im Heu auf dem Dachboden der Stallungen.

Nun waren alle Vorbereitungen für die Flucht der Königin getroffen. Es waren nur noch drei Tage bis zum nächsten Neumond. Dann gab es kein Zurück mehr.

Dreiundzwanzigstes Kapitel

Endlich frei

Es war der neunte Neumond des Jahres. Bald würde sich die Schwere der Nacht auf den Palast legen. Dann war es Zeit zu handeln.

Livia nahm ihren funkelnden Ring vom Finger, gab ihn Roderich und sagte: »Verwahre ihn gut! Unten im Kerker musst du ihn Kuno geben. Der weiß, was zu tun ist.«

Dann machten sie sich mit Flavio auf den Weg zur Zisterne. Ross und Reiterin waren den Wachen ein gewohnter Anblick. Wie üblich salutierten die Wachen vor der Ziehtochter des Königs und ließen sie passieren, ohne dass irgendjemand Verdacht geschöpft hätte.

Roderich klammerte sich an Livias Taille. Ein weiter Umhang bedeckte die kleine Gestalt und machte sie gänzlich unsichtbar. Erst als sie die Grenzen des Parks hinter sich gelassen und die Zisterne erreicht hatten, schlüpfte Roderich unter dem Umhang hervor und sprang vom Pferd. Die Strickleiter hatte Livia bereits Tage zuvor unbemerkt hergebracht, sodass Roderich sie nur noch sicher befestigen musste.

»Ich wünsche dir alles Glück der Welt«, flüsterte Livia. Dann reichte sie dem mutigen Zwerg ein großzügig gepacktes Paket mit Brot und Kuchen, Wasser, Wein und Käse, das Alma eigens für den Wächter im Kerker zusammengestellt hatte. Roderich packte es in seinen Rucksack, warf Livia noch ein wehmütiges Lächeln zu und kletterte in die Tiefe.

Auf dem Grund der Zisterne zündete er seine Laterne an. Sie spendete nur wenig Licht, um ihn nicht zu verraten. Auf Roderichs Schulter saß wie erstarrt Kuno. Die Dunkelheit machte dem kleinen Taggeschöpf große Angst. Aber immerhin hatten sie auch ihr letztes gemeinsames Abenteuer, den fürchterlichen Schneesturm, überstanden. Vielleicht stand ihnen das Glück auch an diesem Abend zur Seite.

Roderich hatte sich die langen, endlos scheinenden Tunnel bestens eingeprägt. Viele Male war er die Strecke abgelaufen, um nichts dem Zufall zu überlassen. Er war angespannt und aufgeregt zugleich. Mit etwas Glück würden sie in dieser Nacht ein dunkles Kapitel in der Geschichte Samarnas zu einem guten Ende bringen. Nach einer Weile erkannten sie am Ende eines langen Ganges einen Lichtschimmer. Dort musste der verborgene Durchgang zum Kerker sein. Roderich löschte seine Laterne. Er folgte dem Licht, schlüpfte durch die niedrige Öffnung in die Kerkergewölbe und versteckte sich hinter einem Pfeiler. Er huschte ein paar Schritte weiter bis zum nächsten Pfeiler, und wieder ein paar Schritte. Im Schein einer Laterne saß vor der Tür zu Königin Silenes Zelle der Wächter. Nun galt es abzuwarten, bis er der Königin ihr Nachtmahl bringen würde.

Nach Minuten, die Roderich vorkamen wie Stunden, erhob sich der Wächter und verschwand die Treppe hinauf, um kurze Zeit später mit einer Schüssel in den Händen zurückzukommen. Er stellte das gefüllte Gefäß auf die Holzbank neben der Tür und steckte den Zellenschlüssel ins Schloss.

Nun war Kunos großer Augenblick gekommen. Roderich reichte ihm den funkelnden Ring. Der kleine Vogel nahm ihn in den Schnabel, flog aus dem dunklen Versteck auf den Wächter zu und flatterte wie wahnsinnig um ihn herum. Dann landete er auf dem Boden und hüpfte vor dem großen Mann umher. Dieser wunderte sich nicht schlecht über das plötzliche Erscheinen des Vogels so tief unter der Erde. Schnell entdeckte er auch den goldenen Ring in seinem Schnabel. Seine Gier war geweckt. Im Licht der Laterne glitzerte der Stein des Rings grünlich blau, die Wände der unheimlichen Gewölbe warfen das Glimmen des Steins zurück. Der Lockvogel war listig und begabt. In gebührendem Abstand flatterte und hopste er vor dem Mann her, der versuchte, ihn zu greifen. Immer weiter entfernte er sich von der Zellentür und verschwand schließlich in einem der dunklen Gänge.

Roderich hatte das Geschehen genauestens beobachtet. Nun war er an der Reihe. Er drehte den Schlüssel im Schloss und öffnete die Zellentür.

»Erschreckt nicht, Majestät!«, flüsterte er. »Wir müssen uns beeilen. Kommt mit mir! Lasst alles zurück! Ihr müsst jetzt genau tun, was ich Euch sage!«

Eine abgemagerte Gestalt trat mit wackligem Schritt aus der Dunkelheit in das schwache Licht, das durch die Tür in die Zelle fiel. Roderich legte das Paket mit dem Essen in der Zelle ab.

»Der nächste Insasse dieser Zelle wird in den nächsten Tagen recht allein sein. Er soll nicht verhungern«, erklärte er.

Dann fasste er die schweigende Königin am Handgelenk und zog sie aus der Zelle.

Er verschloss die Zellentür hinter sich, schob die Königin vor sich in eine dunkle Ecke und gab ihr durch Zeichen zu verstehen, sie möge sich ganz still verhalten. Stumm und starr warteten beide, bis nach einer Weile der Wächter fluchend zurückkehrte. Nach langer Jagd hatte er den Sperling mit seiner kostbaren Fracht ganz plötzlich aus den Augen verloren und schließlich aufgegeben.

Der Wächter drehte den Schlüssel in der Gefängnistüre um und öffnete wie jeden Abend um diese Zeit die Tür. Er nahm die Schüssel von der Holzbank und verschwand in der Zelle. Nun huschte Roderich blitzschnell zur Tür, schob sie zu und drehte eilig den Schlüssel um. Dann zog er ihn ab, steckte ihn in die Wamstasche und sagte zur Königin: »Der erste Teil Eurer Flucht wäre geschafft. Der Wächter wird wohl einige Tage in diesem fürstlichen Gemach verweilen müssen. Beim nächsten Wachwechsel wird man ihn entdecken. Alma hat es gut mit ihm gemeint, er wird nicht verhungern und keinen Durst leiden. Wahrscheinlich hat er noch nie in seinem Leben so gut gegessen.«

Nun machten sich Königin Silene und der Zwerg Roderich auf den Weg zur Zisterne. Bald holte Kuno sie ein. Mit Livias Ring beleuchtete er den langen, dunklen Gang. Durch einen niedrigen Torbogen erreichten Roderich und Silene schließlich die Zisterne. Endlich konnte die Königin sich aufrichten. Ihr Blick wanderte nach oben, wo sich ein sternenklarer Himmel über ihnen wölbte. Tränen traten ihr in die Augen. Sollte sie dieses Mal wirklich ihre Freiheit zurückerlangen?

Roderich spannte die Strickleiter, um sie zu festigen, doch das gelang nur mäßig. Der Aufstieg fiel der geschwächten Königin schwer, aber er war der einzige Weg in die Freiheit. Langsam ging es voran, eine Sprosse nach der anderen. Die Höhe war beträchtlich. Endlich konnte Livia ihrer Mutter die Hand entgegenstrecken. Doch durch die Belastung hatte sich eines der beiden morschen Seile am Rand der Mauer durchgescheuert. Nur noch wenige Meter lagen vor der Königin, als es plötzlich einen Ruck gab und das Seil riss. Die Leiter verlor ihren Halt, die Sprossen sackten zur Seite weg. Königin Silenes Leben hing an einem einzelnen morschen Seil. Unter ihr lauerte ein schwarzer Abgrund. Livia beugte sich weit über den Mauerrand und versuchte, die Hand ihrer Mutter zu fassen, aber sie konnte sie nicht erreichen.

»Flavio, nur du kannst uns jetzt noch helfen. Halte durch, Mutter, und beweg dich nicht!«, flüsterte Livia. Sie wusste, nun ging es um Leben und Tod.

Mit flinken Fingern flocht sie Flavios langen, seidigen Schweif zu einem lockeren Zopf. Sie riss einen Streifen Stoff von ihrem Umhang und sicherte damit das Ende. Dann ließ sie Flavio rückwärts an den Schacht herantreten und führte seinen Schweif über den Rand.

»Mutter, fass den Zopf, wickle ihn um dein Handgelenk und halte dich gut daran fest«, rief sie der Königin zu.

Mit letzter Kraft klammerte sich Silene an Flavios Schweif und gemeinsam zogen Livia und ihr treuer Gefährte die Königin nach oben. Die völlig erschöpfte Silene fiel Livia in die Arme. Dort kam die Mutter rasch wieder zu Kräften.
Schon scharrte Flavio ungeduldig mit den Hufen. Livia löste die geborstene Strickleiter aus ihrer Befestigung und ließ sie nach unten in die Zisterne fallen. Am Boden rollte Roderich sie zusammen, verstaute sie in seinem Rucksack und machte sich durch das unterirdische Labyrinth auf den Weg zurück in den Palast. Diesmal war der geheime Eingang am Ende der Vorratskeller sein Ziel, wo er bereits von Alma erwartet wurde. In bewährter Methode verbarg er sich unter ihren Röcken und gemeinsam ging es durch die Schlossküche, wo Alma ein kurzes Schwätzchen mit dem Küchenmädchen hielt. Auf diese Weise kam Roderich unbemerkt zurück in den Stall. Dort hatte Alma eine zerschlissene weiße Gardine zu einem Bündel zusammengeschnürt, das dem Brautschleier der Königin bis aufs Haar glich, und bereitgelegt. Noch vor dem Morgengrauen brachte Roderich die Strickleiter und den vermeintlichen Brautschleier zurück in den alten Turm an ihre Plätze. Keine Spur sollte auf den genauen Ablauf der Flucht hindeuten.

»Wir werden die ganze Nacht hindurch reiten, um das Anwesen von Ariadne von Waslawy zu erreichen«, erklärte Livia Kuno, der mit dem Ring im Schnabel auf ihrer Schulter gelandet war. »Würdest du uns mit dem Ring leuchten? Du kennst den Weg, Flavio bräuchte also nur dem Licht zu folgen.«

»Sehr gern!«, erwiderte Kuno. »Ich bin zwar kein Nachtflieger, aber das klare Leuchten des Rings lässt mich den Weg erkennen. Ich habe mir die Strecke und alles, was uns darauf widerfahren ist, genau eingeprägt. Hoffentlich bleiben uns die unfreiwilligen Aufenthalte der letzten Reise diesmal erspart!«

Livia nahm Flavio die Hufeisen ab und verstaute sie in ihrem Beutel. Darin befand sich auch Silenes Brautschleier. Er sollte nicht wieder in falsche Hände gelangen. Die Königin saß auf und Livia nahm hinter ihr Platz, um sie zu wärmen und zu halten. Seiner schweren Eisen ledig, konnte Flavio seiner Kraft freien Lauf lassen. Immer weiter wurden seine Sprünge. Wie ein Pfeil preschte er lautlos in Richtung Osten. Eine Länge vor Flavio flog Kuno mit seinem Licht voran und hatte alle Mühe, sich nicht von dem Zauberpferd einholen zu lassen. Wie ein Stern strahlte der grün-blaue Ring in der Finsternis. Es war, als leite ein Elf die Fliehenden durch die Nacht.

Der Wind brauste den Reiterinnen um die Ohren und zerrte an ihren weiten Gewändern. Nebelschwaden lagen auf den Wiesen, aber Flavio zerteilte sie wie ein Schiffsbug den

Ozean. Niemand hätte Flavio einholen oder aufhalten können. Flavios lange, seidige Mähne umfloss die Reitenden. All das vollzog sich fast ohne Geräusch. Kein Donnern der Hufe, allein Flavios Atem war zu hören. Dem Wind gleich, kraftvoll und doch leicht, näherten sie sich unaufhaltsam dem Wundergarten.

Im ersten Aufglimmen der Morgendämmerung zeichnete sich am Horizont der Riesenbaum im Garten der Gräfin von Waslawy ab. Seit langer Zeit fühlte sich Königin Silene zum ersten Mal wieder sicher und frei. Alle Ängste fielen von ihr ab. Sie konnte kaum fassen, dass das Unglück nun ein Ende haben sollte, dass eine hoffnungsvolle Zukunft vor ihr lag.

In einem herrlichen Blumenkleid stand Gräfin Ariadne von Waslawy mit offenen Armen auf der Treppe vor ihrem Haus.

»Noch nie hat ein Tag mit solcher Freude begonnen«, rief sie den Ankommenden entgegen. »Sei willkommen, meine liebe Silene.«

Tief bewegt schloss sie die Freundin in die Arme. Strahlend war Livia hinter ihrer Mutter herangetreten. Auch sie wurde freudig von Ariadne begrüßt.

»Liebe Tante«, sagte sie, als sie sich aus der Umarmung gelöst hatte, »leider kann ich nur kurz verweilen. Flavio benötigt Wasser und Nahrung. Wir müssen zurück sein, bevor die Sonne hoch am Himmel steht. Ich darf keinen Verdacht auf uns lenken. Wir werden uns gewiss wiedersehen. Dann werden wir uns richtig kennenlernen. Nicht mehr lange, dann werde auch ich den königlichen Palast verlassen.«

Hinter einem alten Baum trat plötzlich Martin, das Pferd des Prinzen Laurus, hervor. Livia freute sich ebenso sehr über das Wiedersehen wie das Tier. Sie herzte und küsste den treuen Freund.

Es fiel Livia schwer, diesen wunderbaren Ort nach so kurzer Zeit wieder zu verlassen. Besonders schmerzte sie die Trennung von ihrer Mutter, nachdem sie so lange auf sie hatte verzichten müssen. Doch der Abschied war unaufschiebbar. Livia sprang auf Flavios Rücken. Sofort setzte der sich in Bewegung, erst Schritt, dann Trab und gleich darauf schien er sich wieder von der Erde zu lösen und im gestreckten Galopp flog er mit Livia davon. Kuno hatte es sich diesmal in einer Falte von Livias Gewand gemütlich gemacht. Es dämmerte schon, außerdem hatte der Hinweg den kleinen Vogel völlig entkräftet.

Noch bevor sich die Sonne vollständig über den Horizont geschoben hatte, erreichten sie den Palast. Wie jeden Morgen, wenn sie von ihrem nächtlichen Ausritt zurückkehrten, passierten Livia und Flavio das große Tor, ohne Verdacht zu erregen.

Vierundzwanzigstes Kapitel

Ein Mordplan und ein tiefer Sturz

Knapp zwei Wochen nach Neumond wurden im Palast wie üblich mit Trommeln und Fanfaren die Wachen gewechselt. So wurde endlich auch der eingesperrte Wächter in der Zelle der Königin entdeckt. Die Nachricht von Königin Silenes Flucht verbreitete sich wie ein Lauffeuer.

Die Gräfin von Sinklau hatte Gäste zu einem festlichen Essen geladen. Sie saß im Speisesaal am Kopfende der langen Tafel auf dem Platz, der gewöhnlich dem König vorbehalten war. Gerade wurde der dritte Gang aufgetragen, als ein Lakai der Gastgeberin auf einem silbernen Tablett eine Nachricht überbrachte. Die Gräfin tupfte sich den Mund mit der Serviette, nahm das Papier, entfaltete es und las. Ihr Gesicht erstarrte. Was da stand, konnte nicht wahr sein. Es würde bedeuten, dass ihre Macht langsam schwand. Aus der Tiefe ihrer Brust drang ein gespenstisches Brummen und Zischen. Weißer Schaum bildete sich in ihren Mundwinkeln. Die anfängliche Sorge der Essensgesellschaft wandelte sich schnell in Angst und Entsetzen. Wie ein Vulkan aus Wut und Hass explodierte die Gräfin. Sie sprang auf, rannte wie eine wilde Bestie durch den Speisesaal und richtete auf ihrem Weg mit ungeahnten Kräften schreckliche Verwüstungen an. Ein Teil der Festgesellschaft verkroch sich aus Furcht unter die Festtafel, andere flohen in Panik nach draußen. Wer sich nicht in Sicherheit bringen konnte, wurde geprügelt, geschlagen und angeschrien.

Der Tobsuchtsanfall der Gräfin endete aber nicht im Speisesaal. Sie wütete im gesamten Schloss. Vorhänge wurden heruntergerissen, Möbel umgestürzt. Dienstboten, die ihr begegneten, suchten in Nischen, Körben und Truhen Zuflucht. Wer nicht schnell genug entkommen konnte, wurde erbarmungslos niedergeprügelt. Auch Alma, die in einem der Gemächer Staub gewischt hatte, fiel der Wahnsinnigen zum Opfer. Mit der Lehne eines zertrümmerten Stuhls schlug die Gräfin auf sie ein. Teller, Schüsseln und anderer Hausrat zerschellten auf dem Boden. Berge aus Scherben und Unrat verwandelten das Schloss in ein Schlachtfeld. Kostbare Kunstgegenstände, jahrhundertealtes Porzellan flogen aus den Fenstern. Den ganzen Tag raste der Dämon durch Salons und Flure und pflügte sich seinen Weg durch Trümmer, Schutt und Scherben.

Als die Gräfin ihre erste Wut ausgetobt hatte, nahm sie sich den Wächter vor, der Königin Silene hatte entkommen lassen. Mit der hölzernen Schüssel, in der er Silene ihren Haferbrei hatte servieren sollen, schlug sie so lange auf den armen Mann ein, bis der besinnungslos am Boden lag.

Im Stall, den die Gräfin selbst in blinder Raserei mied, versorgte Livia Almas Verletzungen. Sie hatte eine Platzwunde und zahlreiche blaue Flecken davongetragen. Düster sinnierte Alma vor sich hin. Sie war nicht bereit, den Angriff einfach hinzunehmen. Es musste etwas geschehen.

Alma dachte an den tödlichen Brief, den sie noch immer im Saum ihrer Schürze bei sich trug. Wahrscheinlich bedurfte es keiner allzu großen List, die Gräfin von Sinklau zum Lesen des Briefs zu bewegen. Würde ihr Tod nicht nur Gutes bewirken? Wäre er nicht eine Erlösung für Samarna? Das einst so prächtige Land lag am Boden, das Volk vegetierte in Agonie, farblos, grau und blass. Die Bevölkerung hungerte, Seuchen breiteten sich aus.

In Alma festigte sich der Entschluss, die Gräfin von Sinklau zur Hölle fahren zu lassen. Mit dem Brief als Mordwaffe konnte niemand Alma eine Schuld nachweisen. Es würde ihre eigene Neugier sein, der die Gräfin ihren Tod verdankte. Niemand wusste von Almas Brief und niemand sollte von ihrem Vorhaben wissen. So würde auch niemand je erfahren, was wirklich geschehen war.

Dem Eingang zu den privaten Gemächern der Gräfin gegenüber befand sich eine Wäschekammer. Häufig legte Alma dort Wäsche zusammen. Jeden Abend, unmittelbar bevor die

Gräfin in ihre Gemächer zurückkehrte, wurden die Fenster im Flur geöffnet, um die angrenzenden Räume mit frischer Luft zu versorgen und extreme Gerüche zu beseitigen.

An diesem Abend hatte Alma nach dem Öffnen der Fenster in der Wäschekammer Stellung bezogen. Sie nestelte den Brief aus dem Schürzensaum hervor und legte das ausgebleichte blaue Kuvert gut sichtbar auf den dunklen, blank gebohnerten Parkettboden des Flurs. So musste ihn die Gräfin auf jeden Fall entdecken und natürlich würde sie ihn auch lesen. Alma öffnete die Tür der Wäschekammer einen winzigen Spalt, um das Geschehen zu beobachten. Schon kündigten schnelle Schritte das Kommen der Gräfin an. Gleich würde sie den Brief finden, lesen und tot zusammenbrechen. Danach musste Alma ihr nur noch den Brief aus der Hand nehmen, damit dieser kein weiteres Unheil anrichten konnte.

Mit einem Auge spähte Alma durch den Türspalt. Die Schritte klangen bereits sehr nah, als hinter Alma wie von Geisterhand ein Stapel Wäsche das Übergewicht bekam und vom Regal kippte. Alma zuckte zusammen und drehte sich um. Nur einen Augenblick später war sie wieder an der Tür und bei der Sache. Aber wie erschrak sie, als sie feststellte, dass der Brief verschwunden war. Die Schritte der Gräfin waren vorübergegangen. Alma öffnete langsam die Tür und trat vorsichtig auf den Flur. Niemand war zu sehen.

Zu gern wäre Alma aus diesem Albtraum erwacht. Ihr mühsam unterdrücktes Gewissen bäumte sich auf. Was um alles in der Welt war mit dem Brief geschehen? Hatte ein Dritter ihn an sich genommen? Wenn ja, schwebte dieser Jemand in höchster Gefahr! Nie hatte Alma sich trostloser und einsamer gefühlt.

Mit einem Satz frischer Laken zur Tarnung im Arm machte Alma sich auf die Suche nach der Gräfin. Sie musste sichergehen, was mit dem Scheusal geschehen war. Noch bevor sie um die nächste Ecke gebogen war, hörte sie bereits die unverkennbaren Schritte durch den langen Flur hallen, und als sie um die Ecke lugte, sah sie die hagere Gestalt in schwarzer Seide auf sich zukommen. Es gab keinen Zweifel, die Gräfin war am Leben.

Jeden Tag wartete Alma nun darauf, die Nachricht von einem plötzlichen Tod zu erhalten. Hatte es einen Diener getroffen, eine Kammerzofe, einen Verwalter, einen Hofrat oder gar den Kanzler, der alles auszuführen hatte, was die Gräfin anordnete? Alma würde die Schuld am Tod eines Unschuldigen tragen. Mit dieser Bürde würde sie fortan leben müssen.

»Oh, schreckliche Stunde, in der ich diesen Plan ersann«, dachte Alma unentwegt. Sie hatte den Brief als Siegel einer großen Liebe erhalten. Er gründete auf Vertrauen und Verantwortungsbewusstsein. Sie hatte versagt. Almas Gemütszustand verdüsterte sich. Sie hatte keinen Appetit mehr und wurde immer dünner. Das sanfte Rot ihrer Wangen wich fahler Blässe. Ihr redefreudiger Mund verstummte.

An einem sonnigen Morgen einige Tage später gingen die Freunde ihren üblichen Alltagstätigkeiten nach. Schon früh hatte Roderich Zita auf die Weide geführt und Livia bereitete Flavio auf einen gemeinsamen Ausritt vor. Liebevoll striegelte sie sein weiches Fell und kämmte seine Mähne.

Mit gesenktem Kopf betrat Alma den Stall, um Livias Bett frisch zu beziehen.

»Liebe Alma«, sprach Livia die traurige Freundin an, »seit Tagen fühle ich, dass dir etwas auf der Seele lastet. Hast du denn kein Vertrauen zu mir? Willst du mir nicht sagen, was dich bedrückt?«

Alma starrte auf den Boden. Sie zuckte mit den Schultern und flüsterte: »Es ist nichts, bei dem du mir helfen könntest. Also sorge dich nicht.«

»Schluss jetzt mit dem Selbstmitleid und dem Rätselraten!«, erwiderte Livia energisch. »Ich werde nicht zulassen, dass du dich den Rest deines Lebens im Gram verkriechst. Es macht auch deine Freunde traurig, dich so zu sehen. Also erzähl mir sofort, was geschehen ist!«

»Ich habe eine große Dummheit gemacht!«, gestand Alma im Flüsterton. Dann verstummte sie.

»Wenn du mir nicht sagst, was passiert ist, kann ich dir nicht helfen«, bohrte Livia weiter.

Sie schloss Alma in die Arme. Wärme durchflutete Almas schmerzenden Körper. Unter Tränen flüsterte sie kaum hörbar: »Ich wollte die Gräfin von Sinklau töten. Aber die Tat ist misslungen.«

»Es ist gut, dass du dir und mir deine Tat eingestanden hast«, sagte Livia sanft. »Ich weiß, was geschehen ist. Du warst der Verantwortung, die dir mit diesem Brief auferlegt war, nicht gewachsen. Kuno hat den Brief gerade noch rechtzeitig weggenommen, bevor die Gräfin ihn finden konnte, und mir gebracht. Er hat dich vor einer großen Dummheit bewahrt. Ich werde die tödlichen Zeilen gut verwahren. Du wirst sie zurückerhalten, wenn die Zeit gekommen ist.«

Alma war so erleichtert, dass sie glaubte, fliegen zu können. Dass Livia mit anderen Welten in Verbindung stand, die den Menschen verborgen blieben, hatte sie stets gewusst. Nie war sie so dankbar dafür gewesen wie an diesem Morgen.

Der Garten der Gräfin Ariadne von Waslawy war von dem unnatürlich frühen, schweren Wintereinbruch verschont geblieben. Viele Tiere hatten sich in diesen sicheren Hafen geflüchtet und die Katastrophe dort überlebt. Im restlichen Land wurde die Geschichte von

dem paradiesischen Wundergarten wie ein Märchen von Dorf zu Dorf und Mund zu Mund weitergetragen, bis sie schließlich die Hauptstadt erreichte. Als die Gräfin von Sinklau sie hörte, wurde sie neugierig. Sie wollte herausfinden, was es mit diesem entlegenen Teil Samarnas auf sich hatte. In einer Kutsche ließ sie sich deshalb eines Morgens dorthin fahren. Ein Kurier ritt voraus, der die Ankunft der Gräfin ankündigen sollte.

Der herrliche Riesenbaum in der Mitte des Gartens war an diesem Tag nicht von Weitem zu sehen. Er war in Wolken gehüllt.

Wieder empfing Ariadne von Waslawy ihren Gast auf der prächtigen, von Pflanzen überwucherten Treppe vor dem Haus. Die blühenden Teppiche in ihrem Garten hatten ihre Blüten geschlossen. Selbst die Blumen auf ihrem Kleid verbargen ihre Schönheit. Doch auch wenn der Mangel an Sonne die Farben blass erscheinen ließ, war die Pracht dieses Gartens vorhanden. Die schwarz gekleidete Gestalt, die sich Ariadne scheinbar freundlich näherte, setzte sich jedoch herb gegen die milde, zauberhafte Umgebung des Gartens ab. Aber statt sich über die Schönheit der üppigen Natur zu freuen, wurde die Gräfin von Sinklau nur von Gier erfasst. Bei aller Liebenswürdigkeit gelang es Ariadne nicht, die finstere Dame zu einem freundlichen Gespräch zu bewegen. Die böse Gräfin starrte nur unheilvoll vor sich hin.

»Meine liebe Waslawy«, stieß sie schließlich hervor, »Sie wissen wohl, dass dieser Garten Eigentum des Königs ist. Ich werde im Auftrag seiner Majestät einen königlichen Verwalter bestimmen. Dieser Garten ist ein Ort des Chaos. Es wird höchste Zeit, dass die Natur in geregelte Grenzen verwiesen wird. Einige Bäume müssen gefällt werden, um Raum für landwirtschaftliche Nutzung zu schaffen. Der Boden hier sollte endlich Erträge abwerfen. Von Blumen wird niemand satt. Zäune müssen die Anbauflächen vor eindringenden Tieren schützen. All das sollte umgehend in die Wege geleitet werden. Sie werden sich eine neue Bleibe suchen müssen. Der neue Verwalter wird baldmöglichst einziehen. Er wird das gesamte Anwesen bewirtschaften.«

In diesem Moment kam leichtfüßig Martin, das Pferd des Prinzen Laurus, über die bunte Wiese getrabt. Erstaunt betrachtete die Gräfin von Sinklau das herrliche Tier.

»Wenn ich nicht irre«, bemerkte sie dann scharf, »ist dies das Pferd des Prinzen Laurus. Auch dieses Tier ist königliches Eigentum. Ich werde es auf meinem Rückweg mitnehmen.«

Nun holte Gräfin Ariadne von Waslawy tief Luft und sprach mit lauter, entschlossener Stimme: »Unsere Ansichten widersprechen sich in jeder nur vorstellbaren Weise. Man kann die Natur nicht besitzen, sie gehört sich selbst. Eigentum und Besitz sind nichts als menschlicher Zierrat. Die Natur steht über uns allen. Der letzte Wintereinbruch in Samarna hat das deutlich gezeigt. Es wäre ratsam, diese Macht anzuerkennen. Ich habe diesen Garten von meinen Vorvätern geerbt und sehe mich als die Hüterin dieser Oase«, fuhr sie fort. Dabei schwoll ihre Stimme an wie zu einem Sturm. »Ich werde alles tun, um sie in ihrer Vielfalt zu bewahren. Ich teile keine Ihrer Vorstellungen und werde Ihnen mit aller Kraft Widerstand leisten. Das Pferd des Prinzen kann mit Ihnen gehen, wenn es das will. Es gehört mir ebenso wenig wie Ihnen.«

»Pah, das werden wir noch sehen«, zischte die Gräfin von Sinklau. »Pferden und Kindern begegnet man am besten mit Härte. Das Tier wird mit mir kommen, und damit basta! Sie werden schon sehen ...«

Die Gräfin von Sinklau verstummte. Ihr Blick war zufällig die Treppe hinauf auf die Terrasse gefallen. Dort stand Königin Silene, eingehüllt in ihren Brautschleier. Sie hatte sich gut von der langen Gefangenschaft erholt. Ihr Anblick ließ die Gräfin erbeben. Durch einen Spalt in der Wolkendecke fiel gleißendes Licht direkt auf die Terrasse. Es tauchte das Geschehen in ein magisches Licht.

»Gräfin, Ihr Spiel ist aus!«, begann Silene mit kräftiger Stimme. »Als rechtmäßige Königin dieses Landes enthebe ich Sie Ihrer Machtbefugnisse. Sie werden diesen Garten nicht nur nie wieder betreten, sondern auch keinen Ihrer kranken Pläne dafür umsetzen. Sie haben halb Samarna in den Abgrund geführt und Not, Verderben und Elend über das Land gebracht. Diesen Garten werden Sie nicht antasten. Schande über Sie! Hier endet Ihre grenzenlose Machtgier. Und nun verlassen Sie augenblicklich dieses Anwesen.«

Die Gräfin von Sinklau schwieg. Zum ersten Mal in ihrem Leben fehlten ihr die Worte. Ihr aufrechter Gang schien bemüht, als sie über die Wiese auf das Pferd des Prinzen Laurus zusteuerte. Als sie das Pferd am Zaumzeug fassen wollte, bäumte dieses sich auf und schlug mit den Vorderhufen wild um sich. Die Gräfin, die nicht auf den Zornesausbruch des Pferdes vorbereitet gewesen war, wurde von einem Huf am Kopf getroffen. Sie fiel ohnmächtig zu Boden. Aus einer Wunde rann Blut. Als die Dame wieder zu sich kam, war ein Diener gerade dabei, die Wunde zu behandeln. Er half der Gräfin auf die Beine und in die Kutsche. Das Pferd war längst in einen entlegenen Teil des Gartens geflohen.

Benommen, aber auch schnaubend vor Zorn, verließ die dunkle Gräfin von Sinklau für immer den Wundergarten der Ariadne von Waslawy – ohne das Pferd des Prinzen Laurus.

»Das wird Silene noch bereuen«, dachte sie.

Die Königin wusste, dass der Kampf mit der Gräfin noch nicht endgültig ausgestanden war. Um ihre Freundin und sich nicht unnötig in Gefahr zu bringen, nahm sie deshalb am folgenden Tag Abschied von Ariadne. Auf dem Rücken von Martin, dem Pferd des Prinzen Laurus, verließ sie das Land, dessen Königin sie war, und kehrte in ihre Heimat, das friedliche Thesauria zurück.

Fünfundzwanzigstes Kapitel

Unerwarteter Besuch

Die Gräfin von Sinklau war gerade zu ihrem Besuch bei Ariadne von Waslawy aufgebrochen, als überraschend ein Bote im Königspalast eintraf, um die Rückkehr König Aurels anzukündigen. Wenige Stunden später traf der königliche Tross ein. Hofstaat und Dienerschaft blieb nicht genügend Zeit, um dem König einen würdigen Empfang zu bereiten. Die Aufräumarbeiten nach dem Tobsuchtsanfall der Gräfin waren zwar in vollem Gange, es würde aber noch Wochen dauern, das Schloss wieder in seinen ursprünglichen Zustand zu versetzen.

Die lange Zeit im unwirtlichen Norden und die zermürbenden Kampfhandlungen hatten den König ausgezehrt. Er hatte gewaltige Mengen seines Körpergewichts verloren, was ihm einen Großteil seiner körperlichen und geistigen Beweglichkeit zurückgegeben hatte. Der König war entsetzt, in welchem Zustand sich der Palast und das Land befanden. Wie ein Blitz traf ihn die Einsicht, welch gewaltigen Fehler er bei der Wahl seiner Stellvertreterin gemacht hatte. Der Regent durfte keine Zeit verlieren. Sofort ordnete er an, wie mit der dunklen Dame bei deren Rückkehr umzugehen sei. Sie habe Samarna umgehend zu verlassen. Sollte sie diesem Befehl nicht nachkommen, werde er sie für vogelfrei erklären. Dann würden Gesetz und Krone sie nicht länger schützen.

Fünfundzwanzigstes Kapitel

Am Abend desselben Tages rollte die Kutsche der Gräfin von Sinklau in den Schlosshof. Einer ihrer mit Gold und Vergünstigungen erkauften Getreuen setzte sie von den Befehlen des Königs in Kenntnis, noch bevor sie ausgestiegen war, und riet ihr, sich schnellstmöglich zu verstecken. Erschrocken eilte die Dame zu ihren Gemächern, um ihre Habseligkeiten zusammenzusuchen, doch der Zugang wurde ihr verwehrt. Was konnte sie tun? Eine wärmende Decke, die sie auf ihre Fahrt mitgenommen hatte, war alles, was ihr geblieben war. Alle, die ihr einst nach dem Mund geredet und ihre Handlungen unterstützt hatten, wandten ihr jetzt den Rücken zu.

Mit dem König waren auch die königlichen Pferde nach Hause gekommen. Nun war die große Gemeinschaft im Stall wieder vereint. Livia und Flavio, Roderich, Alma und auch Zita waren sehr froh, die alten Freunde wieder um sich zu haben. Kälte und Stille im Stall waren verflogen und hatten der Wärme und Fröhlichkeit einer großen Familie Platz gemacht. Eines jedoch trübte die Stimmung: Drei der Pferde waren nicht aus der Schlacht zurückgekehrt.

Wie fast allabendlich hatten Roderich, Alma, Flavio, Zita und Kuno es sich um Livias Bett gemütlich gemacht. Auf dem Tisch brannte eine kleine Laterne. Sie waren mit dem Abendessen fertig und Alma hatte das Geschirr bereits abgetragen. Die Aufregung, die die Rückkehr der anderen verursacht hatte, und ihre vielen Geschichten, hatten die Freunde erschöpft. Gerade als sie beschlossen, schlafen zu gehen, klopfte es laut und heftig an der Stalltür. Wer machte denn mitten in der Nacht so einen Radau? Alma nahm die dürftig leuchtende Laterne vom Tisch und trottete den langen Gang entlang an den Pferdeboxen vorbei zur Stalltür. Sicherheitshalber öffnete sie zunächst nur ein kleines Fensterchen in der verriegelten Tür. Im fahlen Mondlicht erkannte sie eine gebeugte Gestalt, allem Anschein nach eine Frau. Sie war in eine Decke gehüllt, am Kopf trug sie einen Verband. Als Alma wissen wollte, warum sie geklopft habe, gab die Frau zur Antwort, sie suche ein Obdach. Ob sie auch einen Namen habe, wollte Alma wissen. Die dunkle Gestalt schwieg. Dann, nach einer Weile, holte sie tief Luft und sagte: »Hermine von Sinklau.«

Noch nie hatte irgendetwas Alma so überrascht. Wie vom Donner gerührt stand sie da und sperrte den Mund auf. »Warten Sie hier!«, stammelte sie dann und lief, so schnell sie konnte, durch den Stall zurück zu den anderen. Auch die staunten nicht schlecht, als Alma ihnen stotternd von dem unerwarteten Besuch berichtete. Als sie sich wieder halbwegs gefasst hatte, erklärte sie bestimmt: »Ich werde ihr unter keinen Umständen die Tür öffnen. Keine zehn Pferde bringen mich dazu! Diese Hexe wird sich bestimmt in einen Drachen verwandeln und uns verschlingen, sobald wir sie an uns heranlassen. Sie hat sich als Bettlerin verkleidet. Das ist eine hinterhältige List! Sie ist ein Dämon, eine Ausgeburt der Hölle!«

Gemeinsam versuchten Livia und Roderich, die gute Alma zu beruhigen. Schließlich sagte Livia: »Wir dürfen uns durch ihre Bosheit nicht zu etwas machen lassen, das wir nicht sind. Da draußen steht eine Hilfesuchende. Bei allem, was sie getan hat, bleibt sie doch ein Mensch. Ich bin dafür, ihr für heute Nacht Obdach zu gewähren.«

»Ohne mich!«, zeterte Alma. »Ich will sie nicht in unserer Nähe haben.«

»Ach, Alma, du bist es doch, die oft von Vergebung und Nächstenliebe spricht. Nun solltest du diese Begriffe auch mit Inhalt füllen, sonst sind sie nichts weiter als leere Lippenbekenntnisse. Ich kann deine Abneigung nur allzu gut verstehen, auch ich bin nicht frei von Misstrauen. Doch über sich selbst hinauszuwachsen, ist der größte Sieg.«

Livias Gedanken hatten auch Roderichs Zweifel weggewischt. Also ging Livia zur Stalltür und ließ Hermine von Sinklau ein.

Am folgenden Morgen weckte Zita die anderen wie gewöhnlich durch ihr Meckern.

Zurückhaltend und bescheiden zeigte sich bald darauf auch die Gräfin. Mit ihrem verbundenen Kopf und dem Tuch um Mund und Nase, ohne dass sie den durchdringenden Geruch im Stall wohl kaum ertragen hätte, glich sie einer Wüstennomadin. Livia bat die Dame, an dem einfachen Tisch Platz zu nehmen, auf dem noch die Laterne vom Vorabend stand.

»Ich bin neugierig, Gräfin«, fing Livia ohne Umschweife an. »Wie sind Sie nur auf den Gedanken gekommen, ausgerechnet bei uns Zuflucht zu suchen?«

»Ich habe euch immer um eure Freundschaft und euren Zusammenhalt beneidet«, gestand die Gräfin. »Unter all den falschen Hofschranzen und Speichelleckern wart ihr ein unverrückbarer Fels der Ehrlichkeit – auch wenn ihr in dieser Ehrlichkeit nie einen Hehl daraus gemacht habt, wie sehr ihr mich verachtet. Mir war durchaus bewusst, dass ich keine wahren Freunde habe. Die Höflinge trugen mich auf Händen, solange ich mächtig war. Doch als mein Einfluss gestern mit einem Mal verschwunden war, war keiner von ihnen dazu bereit, mir auch nur eine Ecke unter ihrem Dach zu überlassen. Wahrscheinlich hätte mich jeder Einzelne von ihnen verraten, ohne mit der Wimper zu zucken.«

»Damit haben sie wahrscheinlich recht«, bestätigte Livia.

»Heute Nacht habe ich viel nachgedacht«, fuhr die Gräfin fort. »Du wirst es mir sicher nicht glauben, aber ich bedaure, was ich getan habe, und würde es ungeschehen machen, wenn ich könnte.«

»Gilt Ihr Bedauern Ihnen selbst oder den Menschen, die Opfer Ihrer Taten geworden sind?«, fragte Livia unverblümt. »Nicht wenige haben Ihre Machtgier mit dem Leben bezahlt.«

»Was bringt es noch, dich anzulügen?«, sinnierte die Gräfin. »Es stimmt schon, am meisten bedaure ich mich selbst, auch wenn viele meiner Taten mir ehrlich leidtun. Aber das spielt jetzt keine Rolle, es ist zu spät.«

»Ihre Ehrlichkeit überrascht mich. Ich bin nicht Ihrer Meinung. Ich glaube, es ist nie zu spät für einen Neuanfang. Ich nehme an, es wird sich einrichten lassen, Ihnen im Stall ein Obdach zu geben. Ich denke, Sie können ein Weilchen hier Unterschlupf finden. Jeder weiß, wie sehr Gerüche Ihnen zusetzen. Deshalb wird Sie vermutlich niemand in den Stallungen vermuten. Aber dieser Gedanke war Ihnen sicher auch schon gekommen. Ich werde dafür sorgen, dass Sie genug zu essen haben. Wir ernähren uns vor allem von den immer frischen Broten aus unseren Körben. Erwarten Sie nicht zu viel. Sie wissen, was Alma, Roderich und Zita von Ihnen halten. Ich würde Ihnen empfehlen, sich von ihnen fernzuhalten. Mir selbst ist Hass gänzlich fremd. Wenn man sich ansieht, welchen Schaden die Menschheit durch Hass und Rache genommen hat, muss man sich wundern, dass sie nichts daraus gelernt hat.«

Dankbar nahm die entmachtete Gräfin Livias großzügiges Angebot an.

Wenige Tage nach der unerwarteten Rückkehr des Königs befand sich der königliche Hof erneut in Aufruhr. Sultan Süley Kimbal von Arbola hatte seinen Besuch angekündigt. König Aurel setzte alles daran, das Schloss bis zur Ankunft des hohen Gastes wieder in seinen ursprünglichen Zustand zu versetzen. Deshalb wurden unzählige Handwerker und Künstler aus Samarna und den Nachbarländern an den Hof gebeten, um die Schäden zu beheben und den Palast in neuem Glanz erstrahlen zu lassen. Die verwahrlosten Gärten wurden gerodet und neu bepflanzt. Die vielen Brunnen wurden instandgesetzt und befüllt, zerbrochene Möbel und Porzellan wurde ersetzt. Im Palast herrschte emsiges Treiben wie in einem Ameisenhaufen. Der Geist der Gräfin sollte so schnell wie möglich aus dem Königreich verbannt werden.

Die Entmachtung der Gräfin sprach sich in Windeseile bis in die äußersten Winkel des Landes herum. Kunsthandwerker und Künstler aller Art wagten sich mit ihren Arbeiten wieder ans Tageslicht. Die vielen Musiker, Maler und Dichter, die das Land verlassen hatten, kehrten nach Samarna zurück. Unzählige der unsinnigen Verordnungen der Gräfin wurden zurückgenommen. In der Bevölkerung Samarnas keimte Hoffnung.

Leider hatte die Gräfin von Sinklau den feindlichen Nordvölkern vor langer Zeit beigebracht, wie man mit Feuerwaffen umging. Dieses Wissen hatten die wilden Volksstämme gepflegt und weiterentwickelt, sodass ihre Waffen inzwischen äußerste Durchschlagskraft besaßen. Kaum merklich wurde ihre Übermacht zur Bedrohung für Samarna.

Bekümmert saß der König im Sessel seines Vaters. Der hatte immer dort gesessen, wenn er sich die Geschichten aus der königlichen Bibliothek angehört hatte. Aurel sinnierte über seine Fehler nach. Er war alt geworden. Seine Frau Silene hatte ihn verlassen, um Livia hatte er sich nie wirklich gekümmert. Der König war allein, sein Land von Feinden bedroht. Er benötigte dringend Beistand – und Freunde.

Sechsundzwanzigstes Kapitel

Ein Besuch und seine Folgen

Der König hatte vor, den reichen Sultan von Arbola für sich zu gewinnen. Das Heer des Sultans würde ihm helfen können, die Eindringlinge im Norden ein für allemal aus dem Land zu vertreiben. Deshalb scheute er keine Mühe, dem Sultan einen prächtigen Empfang zu bereiten. Am Morgen seiner Ankunft läuteten zur Begrüßung der Gäste aus dem fernen Orient alle Glocken des Landes. Die ganze Stadt war mit Blumen und bunten Bändern geschmückt. Aus den Fenstern hingen bestickte Tücher. Bunte Fahnen flatterten aufgeregt im Wind. Die große Straße zum Palast wurde von Lorbeergirlanden und Fähnchen schwenkenden Kindern gesäumt. Dahinter stand das neugierige Volk, noch sichtlich gezeichnet von den Beschränkungen durch die Herrschaft der Gräfin. Nun hofften die Bewohner Samarnas auf eine bessere Zukunft. Aus allen Teilen des Landes war die Bevölkerung angereist. Auf den Feldern rund um die Hauptstadt mussten Zeltlager errichtet werden, um alle Menschen zu beherbergen.

Der Augenschmaus, der sich Samarnas Hauptstadt bieten sollte, war alle aufgebrachte Mühe wert. Die Kavallerie des Sultans führte den Zug an. Silber- und goldbeschlagenes Sattelzeug funkelte in der Sonne. Fanfarenbläser saßen auf weißen Pferden mit silbernem Schmuck. Ein Zug mit Trommlern und mächtigen Pauken folgte. Junge Höflinge waren in bunte Seide und weite Hosen gekleidet und trugen glitzernde Schnabelschuhe. Viele der exotischen Gäste trugen Papageien. In Farben, die Samarna nie zuvor gesehen hatte, schillerte das Gefieder dieser paradiesischen Vögel. Eine Herde von Straußen folgte, auf denen Knaben in bunt gestreiften Hosen saßen. In gebührendem Abstand folgten mit ausladenden Schritten muskulöse, bärtige Männer. Sie führten an goldenen Ketten ungeduldig knurrende Löwen und Geparde. Die Raubtiere fletschten bedrohlich ihre großen Zähne. So verdeutlichte der Sultan seine Macht über die Natur.

Fahnen- und Hellebardenträger wurden von Krummhorn blasenden Musikanten begleitet. Ihnen folgten Trompetenbläser, die fremdländische Melodien schmetterten. Natürlich fehlten auch die Kamele nicht. Gelangweilt und stolz, ihrer Schönheit bewusst, bewegten sie sich lautlos auf gepolsterten Hufen. Ihr Zaumzeug war kunstfertig aus Leder geflochten. Quasten mit bunten Bändern waren daran angebracht und bewegten sich im Rhythmus der gemächlichen Schritte der sanftmütigen Tieren. Auf ihrem Rücken trugen die Wüstenschiffe gepolsterte und mit Baldachinen überspannte Sitze. Stolze Edelleute saßen darauf, mit langen Bärten und weiten, seidenen Gewändern.

Dahinter rollten prunkvolle Karossen, verziert mit prächtigen Schnitzereien, heran. Hinter kunstvollen Gittern verbargen sich wohl schöne Frauen, gehütet wie ein geheimer Schatz.

Das Volk jubelte, als die mächtigen, alles überragenden Elefanten vorüberstapften. Langsam setzten sie Schritt an Schritt. Ihre Haut war in leuchtenden Farben bemalt. Auf die großen Stoßzähne der Tiere waren lange, mit Edelsteinen besetzte goldene Hülsen gesteckt. In die prunkvollen Satteldecken, die ihre Rücken bedeckten, waren Hunderte von blinkenden Spiegelchen eingenäht. Violett und silbern funkelte der Schmuck der Tiere. Auf jedem ritten sonnengegerbte Gestalten in schimmernder Seide.

Umringt von den anderen Tieren schritt ein besonders stattlicher Elefant. Zwischen bestickten seidenen Kissen thronte der Sultan. Unter dem reich verzierten Turban war ein freundliches junges Gesicht zu erkennen. Huldvoll winkte er dem jubelnden Volk von Samarna zu.

Hinter dem Reittier des Sultans liefen zahlreiche junge Elefanten im Festtagsstaat. Quasten und Glöckchen baumelten an den Säumen ihrer kunstvollen Decken. Als hätte das Volk Samarnas nicht schon genug gestaunt, blickten nun alles überragende Giraffen auf das Treiben unter ihnen hinab. Staksig und zerbrechlich stolzierten die langbeinigen

Gestalten vorbei, als kämen sie aus einer anderen Wirklichkeit. Eine Schar mächtiger Braunbären lief auf den Hinterbeinen durch die Stadt und drehte sich zu ungewohnten Klängen im Kreis. Man hätte sie für riesige Aufziehspielzeuge halten können.

Eine Gruppe Elche mit prächtigen Geweihschaufeln wurde vorbeigeführt. Sie trugen breite Bänder aus Leder um die Hälse, an denen viele goldene Glöckchen hingen und festlich klingelten. Die Zwerge, die die Tiere führten, waren bunt gekleidet und trugen Turbane, die größer wirkten als sie selbst. Schier endlos schien die Zahl der Reiter und Fußsoldaten in schillernden Uniformen, die den Zug beendeten. Noch lange erzählte man sich in Samarna von diesem Ereignis. Viele Geschichten, die später der Fantasie entsprangen, nahmen dort ihren Anfang.

Ein großer Teil des Trosses zog weiter, um außerhalb der Stadt Lager zu beziehen. Nur der Sultan und sein engstes Gefolge blieben als Gäste des Königs für einige Tage im Palast. Nun fanden jeden Abend prächtige Empfänge und farbenfrohe Bälle statt. Es war nur schwer vorzustellen, dass hier noch vor kurzer Zeit Ödnis und Grau geherrscht hatten. Auch im Schlosshof wurde einmal ein rauschendes Fest mit allerlei Darbietungen gefeiert. Feuerspucker und Jongleure zeigten, was sie konnten, und Roderich führte nach langer Zeit endlich wieder seine Reitkunststücke mit Zita vor. Die Gäste staunten nicht schlecht über den kleinen Akrobaten.

Livia ließ sich bei all diesen Anlässen nicht sehen. Sie mied solche Vergnügungen und Hofgespräche.

An einem herrlich sonnigen Morgen trabte Livia auf Flavios Rücken auf dem Weg zum Tor über den Schlosshof. Die beiden wollten einen schönen, langen Ausritt machen. Im Gästeflügel des Palastes war Sultan Süley Kimbal im Kreise seiner bunten Dienerschar mit der morgendlichen Toilette beschäftigt. Während er angekleidet wurde, ließ er gelangweilt den Blick aus dem Fenster über den Hof schweifen. Auf dem Rücken eines herrlichen, stolzen Schimmels ohne Zaumzeug und Zügel saß eine so anmutige Gestalt, die so bezaubernd war, als stamme sie aus dem Reich der Fantasie. Noch nie hatte Süley etwas so Schönes gesehen. Er war entzückt von Livias ebenmäßigen Zügen, ihren anmutigen Bewegungen. Auch hatte er nie ein prachtvolleres Pferd gesehen. Das wilde Feuer der Begierde erfasste ihn. Erst halb bekleidet eilte er die Treppen des Palastes hinunter, um die beiden Wunderwesen aus der Nähe zu betrachten. Doch als er im Hof ankam, waren sie verschwunden.

Den ganzen Tag war der Sultan schlechter Laune. In seiner Brust hatte sich so etwas wie Sehnsucht breit gemacht. Als er sich am Nachmittag mit König Aurel zu einem Gespräch traf, bat er den König darum, dem schönen Fräulein mit dem einzigartigen Schimmel vorgestellt zu werden.

»Das wird sich wohl einrichten lassen«, sagte König Aurel erfreut, denn er witterte eine Gelegenheit. »Zufällig ist das Fräulein meine Ziehtochter. Sie ist etwas scheu. Ich werde zu ihr gehen und Ihren Besuch ankündigen. Sie müssen wissen«, fuhr er verschwörerisch fort, »dass sie das Schloss niemals betritt. Sie tut keinen Schritt ohne ihr Pferd und Flavio kann sie nicht in den Palast begleiten. So kommt es, dass meine Tochter zusammen mit ihrem Pferd im Stall wohnt. Manchmal kommt es mir vor, als entstamme das Kind einer ganz anderen, unbekannten Art.«

Nachdenklich antwortete der Sultan: »Vielleicht steht das Mädchen den Tieren näher als uns Menschen. Ich bin mehr als neugierig, Ihre Tochter und das Pferd kennenzulernen.«

Die beiden Herrscher redeten noch lange über Livia und so manche seltsame Begebenheit aus der Geschichte Samarnas. Dann berichtete der Sultan von den Sitten und Gepflogenheiten in seinem Land.

Noch am selben Abend betrat König Aurel den Stall. In liebevollem Ton sagte er: »Livia, ich habe große Fehler gemacht und euch im Stich gelassen. Nun muss ich damit leben, deine Mutter und deinen Onkel Laurus verloren zu haben. Du musstest all diese schlimmen Dinge miterleben. Ich hoffe, du kannst mir verzeihen.«

»Ich verzeihe dir. Du wusstest nicht, was du tust«, antwortete Livia sanft. »War das der Grund, warum du in den Stall gekommen bist?«

»Einer davon. Aber es gibt noch einen zweiten: Der Sultan möchte dich kennenlernen. Deshalb möchte er morgen die Stallungen mit den Pferden besichtigen und dich besuchen.«

»Er ist uns willkommen«, antwortete Livia.

Sultan Süley Kimbal war ein schöner Mann. Als Thronfolger war er viele Jahre auf sein verantwortungsvolles Amt vorbereitet worden. Erst vor wenigen Monaten hatte er nach dem Tod seines Vaters die Krone übernommen. Er war noch sehr jung für die Aufgabe, ein so großes Land zu regieren.

Am nächsten Morgen kam er wie angekündigt mit seinen engsten Vertrauten in den Stall. Alma, Roderich, Zita und Flavio hatten sich hinter Livias Bett aufgereiht. Auf seidenen,

weißen Kissen thronte zwischen ihnen auf dem Lager Livia. Der Sultan war über den Anblick sichtlich erstaunt, begrüßte die Freunde aber mit aller gebotenen Höflichkeit. Das folgende Gespräch war freundlich, aber belanglos. Der Herrscher hielt seine Neugierde im Zaum. Bei der ersten Begegnung zu viele Fragen zu stellen, war einer Dame gegenüber nicht angemessen, selbst für einen Sultan. Er hoffte auf die Unterstützung des Königs.

Nach seinem Besuch im Stall beteuerte Süley Kimbal dem König seine Bereitschaft, ihm bei der Bekämpfung der Nordländerhorden beizustehen. Seine Unterstützung, so verkündete er gleich darauf, sei allerdings an eine Bedingung geknüpft. Er erbitte Livias Hand und ihr Pferd Flavio als Brautgabe dazu.

König Aurel war nicht nur einverstanden, sondern begeistert. Endlich gab es auch in diesem Krieg wieder Hoffnung für Samarna.

Gleich am nächsten Morgen erschien der König wieder im Stall. Livia war allein, Alma und Roderich bereiteten noch in der Schlossküche das Frühstück vor. »Wie gut, dass ich dich allein antreffe, mein liebes Kind. Ich habe wundervolle Neuigkeiten für dich. Sultan Süley Kimbal hat um deine Hand angehalten.«

Livia erstarrte vor Schreck. Erst nach langer Pause fing sie plötzlich an zu schreien: »Niemals, niemals! Es kommt einem Todesurteil gleich, wenn du mich dazu zwingst, diesen Mann zu heiraten. Er würde Flavio und mich trennen. Mich würde er in seinen Harem sperren, um mich den Rest meines Daseins mit seinen anderen Frauen in Gefangenschaft zu halten. Und auch Flavio würde er als sein Eigentum betrachten und wie eine Trophäe mit seinen anderen Pferden in einen Stall einpferchen. Wie kannst du mir ein solches Schicksal wünschen? Hast du nichts begriffen in all den Jahren? Gestern noch hast du mich um Verzeihung für deine Fehleinschätzungen gebeten. Und heute kommst du wieder und stichst mir förmlich einen Dolch in die Brust. Weißt du denn immer noch gar nichts über mich? Kennst du deine Tochter gar nicht?«

Schnaubend vor Wut, aber ohne ein Wort zu erwidern, verließ der König mit hochrotem Gesicht den Stall. Livia war traurig. Auf einmal schien dies nicht mehr ihr Zuhause zu sein. Sie wusste, wie schwer es war, dem König etwas auszureden, das er sich in den Kopf gesetzt hatte. Und sie hatte begriffen, dass sie zu einer kostbaren Ware geworden war, die gegen eine andere ausgetauscht werden sollte.

Am Abend kam Alma mit einem großen, silbernen Tablett in den Stall. Es war mit südländischen Früchten aller Arten beladen, dazu gab es Pudding mit Pistaziensplittern,

Rhabarberkompott und geröstete Kastanien. Sie stellte die Leckereien auf den Tisch und sagte: »Wenn es schon keinen Grund zur Freude gibt, sollten wir uns wenigstens mit ein paar Köstlichkeiten trösten. Livia, ich muss dir etwas Wichtiges erzählen. Ich fürchte, deine Vorahnungen haben sich bestätigt. Als ich heute im Sitzungssaal frische Pfirsiche in die Kristallschale auf dem Tisch legte, konnte ich ein Gespräch zwischen dem Sultan und dem König belauschen. Ich habe zwar nicht alles verstanden, weil die edlen Herren tuschelten, als hätten sie ein Geheimnis, aber meine Ohren sind gut. Der König sagte: ›Was will man von einem Kind erwarten, das im Stall zwischen Pferden und Ziegen aufgewachsen ist? Wie soll Livia einsehen, dass ich nur um ihr Glück besorgt bin. Es ist gewiss keine Strafe, einen Sultan zu heiraten. Manchmal muss man eben nachhelfen. Ich werde das Problem mit dem widerborstigen Mädchen schon lösen. Notfalls mit Gewalt. Seien Sie sich gewiss, mein lieber Süley: Sie werden Livia und ihr Pferd mit nach Arbola nehmen. Wir benötigen nur einen sicher verriegelbaren Wagen. Haben wir Livia, brauchen wir uns um Flavio keine Gedanken zu machen. Das Pferd läuft ihr nach, wohin sie auch geht.‹«

Livia war bei Almas Schilderung leichenblass geworden. Stumm starrte sie vor sich hin, sodass die anderen bereits anfingen, sich große Sorgen um den Zustand des Mädchens zu machen. Plötzlich liefen ihr dicke Tränen über die Wangen. Alma nahm Livia in die Arme und drückte und streichelte sie. Niemand brachte ein Wort heraus. Allen war klar: Es musste etwas passieren, und zwar rasch!

Siebenundzwanzigstes Kapitel

Der Schwur

Livia hatte bald ihre Fassung wiedergefunden. Sie ging durch den Stall und streichelte einige der Pferde. Dann kam sie zurück und sagte: »Ich habe mich entschlossen, mit Flavio zu fliehen. Es gibt keine andere Möglichkeit, meine Freiheit zu retten. Bei euch ist das anders. Ihr könnt euch frei entscheiden. Wollt ihr mit mir kommen, bin ich froh und dankbar. Beschließt ihr zu bleiben, verstehe ich das voll und ganz.«

»Das ist doch keine Frage«, sagte Roderich in feierlichem Ton. »Natürlich werde ich euch begleiten. Ich kann mir nicht vorstellen, ohne euch zu leben. Soll ich mich etwa lebenslang als Narr am Hof verdingen?«

»Wenn ihr weg seid, gibt es nichts, was mich hier hält«, fuhr Alma sogleich fort. »Wir gehören doch zusammen. Wir haben so vieles gemeinsam durchgestanden. In der Gemeinschaft wird auch eine Flucht uns nichts anhaben können. Wir haben einander geschworen zusammenzuhalten, wisst ihr nicht mehr?«

»Ich bin sehr froh, dass ihr das so seht. Gemeinsam haben wir eine bessere Zukunft!«, sagte Livia mit Tränen der Dankbarkeit in den Augen. »Wir dürfen keine Zeit verlieren. Morgen kann es bereits zu spät sein, also werden wir noch heute Nacht aufbrechen. Lasst uns nur das Nötigste zusammensuchen. Am wichtigsten sind die beiden Körbe und die Elfendecken. Wir nehmen den zweirädrigen Karren. Flavio und sogar Zita können ihn ohne

Mühe ziehen. Wir brauchen ein paar Seile, zwei Laternen, Kerzen und Anzünder. Je weniger Gepäck wir haben, desto besser. Wir verlassen die Palastanlage durch das Nordtor. Dort stehen nur bei Abwesenheit des Königs Wachen und ich habe noch einen Schlüssel von Prinz Laurus. Wir versuchen, noch vor Tagesanbruch so weit zu kommen, wie wir können. Tagsüber verstecken wir uns. Wir sollten das Land auf dem schnellsten Weg verlassen, also gehen wir in Richtung Südosten. Erst jenseits der Grenze werden wir einigermaßen sicher sein. Ich habe immer geglaubt, meine Bestimmung liege hier in Samarna«, fuhr sie nachdenklich fort, »aber inzwischen musste ich erkennen, dass mein Schicksal anderswo auf mich wartet. An einen Mann verschachert zu werden, kann nicht in meinen Sternen stehen.«

»Was machen wir mit der dunklen Gräfin in der Scheune?«, wollte Roderich geistesgegenwärtig wissen.

»Wir setzen sie erst von unseren Plänen in Kenntnis, wenn wir aufbruchsbereit sind«, antwortete Livia. »Die Gefahr, dass sie uns verrät, ist zu groß.«

Sofort begannen alle, die wichtigsten ihrer Habseligkeiten zusammenzuraffen. Ihnen blieben nur wenige Stunden bis zum Aufbruch. Der Stall war für lange Zeit ihr Zuhause gewesen. Nun wartete eine ungewisse Zukunft auf sie.

Die Nacht erreichte ihre dunkelsten Stunden. Roderichs Karren, mit dem er früher immer auf den Markt gegangen war, wurde mit den Elfenkörben und den Bündeln der Freunde beladen. Sie umwickelten die eisenbeschlagenen Räder des Karrens mit Lumpen, damit sie auf dem gepflasterten Schlosshof keinen Lärm verursachten, außerdem nahm Livia Flavio die Hufeisen ab.

Als alles bereit war, ging Livia in die Scheune, um die Gräfin zu benachrichtigen.

»Von heute an sind Sie auf sich gestellt, Gräfin«, teilte Livia der Dame mit. »Heute Nacht werden wir anderen den Palast für immer verlassen.«

Die Gräfin von Sinklau erschrak. Ihr Gesichtsausdruck ließ Verzweiflung erahnen. Sie wusste, dass sie ohne die Freunde kaum eine Chance hatte zu überleben.

»Der Grund für unsere Flucht tut nichts zur Sache«, erklärte Livia weiter. »Wir gehen ins Ungewisse. Sicher ist nur, dass wir so schnell wie möglich das Land verlassen müssen.«

»Ach«, erwiderte die Gräfin, »auch mir wäre nichts lieber als dieses Land zu verlassen. Könnte ich nicht mit euch kommen? Ich würde alles tun! Vielleicht kann ich euch mit meinen Erfahrungen hilfreich sein. Bitte nehmt mich mit!«

»Das kann ich nicht allein entscheiden«, antwortete Livia. »Ich werde mich mit meinen Freunden beraten.«

In einer Ecke dicht bei der Stalltür versteckt standen die anderen bereits und warteten. Der Gedanke, die Gräfin, diese hinterhältige, böse Hexe, wie Alma sie nannte, mitnehmen zu müssen, gefiel den Freunden gar nicht. Sie schimpften und zeterten, bis Livia schließlich sagte: »Wenn wir die Gräfin zurücklassen, besiegeln wir damit ihr Todesurteil. Könnt ihr mit dieser Schuld leben? Ich nicht. Aber ich kann und werde diese Entscheidung nicht für euch mit treffen!«

Roderich und Alma überlegten lange. Dann seufzte Alma: »Ich fürchte, es bleibt uns keine andere Wahl, als das Scheusal mitzunehmen.«

»Sie können mit uns kommen«, teilte Livia zurück in der Scheune der Gräfin mit. »Ich habe aber eine Bedingung.«

Die Gräfin erhob sich von ihrem Heulager und flüsterte flehend: »Ich tue alles! Sag mir, was du verlangst!«

»Ich habe die Geschichte Samarnas eingehend studiert«, erklärte Livia, »und weiß, was Ihrer Familie einst für Ungerechtigkeiten angetan wurden. Ich weiß auch von dem Racheschwur, dem Sie Ihr Leben verschrieben haben und der Grund aller Ihrer schrecklichen Taten war. Ich möchte, dass Sie Ihrem Schwur hier und jetzt abschwören. Schwören Sie bei Ihrem Leben, sich nie wieder an Samarna und seiner unschuldigen Bevölkerung zu vergehen!«

Der Gräfin klappte vor Schreck der Mund auf. Dann stotterte sie: »Wie kommt es …? Woher weißt du …? Ich dachte, der Schwur sei ein Geheimnis meiner Familie.«

»Sie selbst wissen besser als manch anderer, dass es mehr zwischen Himmel und Erde gibt, als die meisten Menschen für möglich halten«, erklärte Livia selbstbewusst.

»Ich habe dich die ganze Zeit über unterschätzt, Livia«, sagte die Gräfin erstaunt. »Dann weißt du sicher auch, dass ich es war, die den Nordvölkern Feuerwaffen gebracht hat? Weshalb hast du einfach zugesehen? Du hättest mich beim König verraten können.«

»Der König stand gänzlich in Ihrem Bann«, erklärte Livia. »Er hörte noch nicht einmal auf seine Königin. Wie hätte er einem Kind glauben sollen? Hätte ich Sie des Verrats beschuldigt, wäre ich bestimmt im Kerker gelandet. Trotzdem gibt es für mich kaum eine abscheulichere Tat als Verrat. Wie dem auch sei: Wir haben keine Zeit zu verlieren. Die Nacht ist hereingebrochen. Wir müssen uns auf den Weg machen. Aber zuerst müssen Sie schwören.«

Livia sah der Gräfin von Sinklau in die glanzlosen Augen und sagte: »Sprechen Sie mir nach: Ich habe Samarna mutwillig an den Abgrund geführt. Ich habe getötet, verraten und geknechtet. Ich habe mein Leben einem alten, sinnlosen Schwur geopfert. Ein für allemal schwöre ich nun der zerstörerischen Rache meiner Familie ab. Ich bereue meine schrecklichen Taten. Niemals mehr will ich wissentlich Böses tun oder denken. Das schwöre ich bei meinem Leben.«

Laut und deutlich wiederholte die Gräfin alles, was Livia gesagt hatte. Dabei liefen ihr Tränen über das Gesicht.

Die Freunde standen im Schatten der Scheune, bereit, ihr bisheriges Zuhause für immer zu verlassen. Die Gräfin legte ihr Bündel zu den anderen auf den Karren, dann ging es los. Livia und Flavio schritten voran. Hinter ihnen folgten Roderich, Alma und Zita. Die Gräfin zog die Karre. Auf Livias Schulter saß Kuno.

»Kuno«, flüsterte Livia dem gefiederten kleinen Freund zu, »ich habe ein Bitte: Bleibe noch einen Tag und beobachte, was passiert. Du könntest Hilfreiches für uns in Erfahrung bringen. Du bist schnell und wirst uns mühelos einholen. Aus der Luft wird es ein Leichtes für dich sein, uns zu finden.«

Achtundzwanzigstes Kapitel

Flucht ins Ungewisse

Die Nacht war bewölkt, nur gelegentlich schien der Mond durch Wolkenlöcher. Die Gruppe durchquerte, so gut es ging geschützt durch die Schatten der Gebäude, den langen Schlosshof in Richtung Park und Nordtor. Dort steckte Livia den großen Schlüssel in das eiserne Schloss. Zu dritt mussten sie sich gegen das Tor stemmen, bis es sich auf rostigen Scharnieren langsam ein Stück weit öffnen ließ. Von außen verschloss Livia das Tor, um Verfolgern die Jagd zu erschweren. Zügig strebten die Freunde durch die Nacht, immer nach Südosten der Grenze zu. Es galt, so weit zu kommen wie möglich. Das Licht des Mondes erhellte ihnen ohne Laternen den Weg, trotzdem strengte es an, in dem unwegsamen Gelände voranzukommen. Als der Morgen dämmerte, überquerten sie gerade eine weite Ebene. Daran schloss sich ein dichter Wald an. Livia entschied, in diesem Forst abseits des Weges den Tag zu verbringen und sich auszuruhen. Flavio und Zita bekamen eine der Elfendecken, die sie fast unsichtbar machte und auch ihren Geruch abschirmte. Das schützte sie vor Wölfen und anderen Raubtieren. Die zweite Decke bot Livia, Alma, Roderich und der Gräfin Unterschlupf.

»Ich muss sagen, bequem ist es nicht gerade, so auf dem Moos zu liegen«, beklagte sich Alma. »Das ist nichts für meine alten Knochen.«

»So geht es uns allen«, antwortete Livia. »Aber vergiss nicht, Alma: Am Ende dieses Weges wartet die Freiheit auf uns. Zu klagen hilft jetzt nicht. Lasst uns schlafen.«

Die Gräfin von Sinklau konnte keine Ruhe finden. Sie wälzte sich hin und her, stand schließlich auf und schlüpfte unter der Decke hervor. Ohne sich zu weit vom Lager zu entfernen, lief sie ruhelos zwischen den Bäumen umher. Livia hatte bemerkt, dass die Gräfin gegangen war. Als sie nicht zurückkam, folgte ihr Livia und sprach sie auf ihre Rastlosigkeit an.

»Nach allem, was ich getan habe, scheint selbst der Schlaf mich zu meiden. Wie kann ich all das Unrecht und Leid, das durch mich entstanden ist, wiedergutmachen?«

»Bis dahin ist es ein weiter Weg. Ich kenne für solch schwere Gewissenslasten kein Rezept. Deshalb ist es wichtig, sich vor den dunklen Abgründen, in die das Leben einen locken kann, zu hüten. Aber ich denke, solange wir leben, haben wir auch die Möglichkeit, Getanes wiedergutzumachen und Verzeihung zu erlangen. Doch alles das wird die Zeit weisen. Vielleicht gelingt es Ihnen eines Tages, sich selbst zu verzeihen. Und nun lassen sie uns schlafen gehen. Die morgige Nacht wird sehr anstrengend für uns werden.«

Als die Nacht fortgeschritten war, wurde es Zeit, sich wieder auf den Weg zu machen. Sicher waren die Späher des Königs ihnen schon auf den Fersen. Die Freunde erfrischten sich unweit des Lagers am frischen, kalten Wasser eines Baches. Als sie zurückkamen, war die Gräfin immer noch nicht erwacht. Sie warteten und unterhielten sich laut, um die Dame zu wecken, aber ohne Erfolg. Endlich beugte sich Roderich zu ihr hinunter, zog die Decke zurück und erschrak. Die Gräfin war verschwunden. Geschickt war die Decke so zurechtgelegt worden, dass es schien, als liege jemand darunter.

»Ich hab es doch gewusst«, rief Roderich zornig. »Dieser falschen Schlange ist nicht zu trauen. Der Drache ist abgehauen, still und heimlich hat sich die Gräfin davongeschlichen. Ich wusste doch, dass sie unsere Hilfsbereitschaft missbrauchen würde. Hinterhältig und böse ist sie und wird es immer sein. Sie hat uns belogen und hinters Licht geführt.«

»Zügle dich, mein lieber Roderich«, ermahnte Livia den tobenden Zwerg. »Der Wald trägt deine Stimme weiter, als du denkst. Niemand darf uns hören.«

Sie begrub das Gesicht in den Händen und seufzte, den Tränen nah: »Es tut mir so leid, meine Freunde. Ich hätte auf euch hören sollen. Wir hätten diese schlechte Person nicht mitnehmen dürfen. Ich war unvorsichtig und zu gutgläubig. Ach, es ist schwierig, unter Menschen zu leben. Ich habe wirklich noch viel zu lernen. Wer weiß, was sie im Schilde führt. Wir müssen so schnell wie möglich aufbrechen. Packt rasch alles zusammen.«

»Die Elfenkörbe sind leer«, schrie Alma auf. »Das Biest hat die Brote mitgenommen. Was sollen wir denn jetzt essen?«

»Wenigstens hat sie nur die Brote und nicht die Körbe entwendet, wir werden also bald neues Brot haben«, bemerkte Livia erleichtert. »Inzwischen können wir unseren Hunger an Pilzen und Beeren stillen.«

»Ich will nicht daran denken, welche finsteren Pläne die Dame in ihrem dunklen Herzen ausgeheckt hat«, sagte Roderich. »Ich traue ihr alles zu. Lasst uns hier verschwinden.«

Die Dunkelheit war hereingebrochen. Der Mond stand tief im Rücken der Freunde und legte ihnen lange Schatten vor die Füße. Fast endlos zog sich der Weg durch den Wald. Eine gespenstische, erwartungsvolle Stille waberte um die Bäume. Herbstzeitlose schimmerten in mattem Violett zwischen den Stämmen im Mondlicht. Eine wunderliche Stimmung lag auf dem Wald. Im Gänsemarsch schob sich die Gruppe vorwärts. Ganz vorn ritt Livia auf Flavio, Roderich folgte auf Zitas Rücken. Am Ende lief Alma, sie schob den Karren. Die Stimmung der Freunde war gedrückt. Niemand sagte ein Wort, alle hingen den gleichen Gedanken nach: Vielleicht war die böse Gräfin ganz in ihrer Nähe, belauerte und belauschte sie aus dem Verborgenen. Auch konnte sie den Häschern verraten, welchen Weg

die Flüchtenden genommen hatten. Livia schien besonders nachdenklich. Ihre Enttäuschung war grenzenlos.

Langsam erhob sich die Stimme des Nachtwaldes und untermalte die Gefühle der Freunde mit einer unheimlichen Geräuschkulisse. Da war ein Wispern zu hören, zart und hell, als käme es von unsichtbaren Geschöpfen. Die Freunde spürten Blicke aus allen Richtungen auf sich ruhen. Sie schienen eine verborgene Welt betreten zu haben. Hier waren die Freunde fremde Wesen aus den Sphären des Tages, die nichts sahen und doch gesehen wurden.

»Ihr braucht euch nicht zu fürchten«, beschwichtigte Livia ihre Gefährten. »Für die nachaktiven Bewohner des Waldes sind wir eine bestaunenswerte Seltenheit. Aber da sie uns und unsere Absichten nicht kennen, bleiben sie im Schutz der Dunkelheit.«

Der Mond war höher gestiegen, er tauchte die Szene in unwirkliches Licht, das sich auf Flavios seidigem Fell in blauem Schimmer reflektierte. Jetzt schien es, als weise der Mond den Freunden den Weg wie eine große Laterne, die von unsichtbarer Hand am Himmel geführt wurde.

Flavios Schritte auf dem federnden Waldboden waren sicher. Baumwurzeln und andere Hindernisse auf dem Weg brachten ihn nicht zum Stolpern. Trotzdem blieb er plötzlich stehen und weigerte sich weiterzugehen. Livia ließ sich von seinem Rücken hinuntergleiten, um den Grund der Verweigerung zu erkunden. Vor ihren Füßen saß ein Feuersalamander. Es schien, als träume er im kühlen Schein des Mondes. Um ihn vor Roderichs und Almas unachtsamen Schritten zu schützen, war Flavio nicht weitergegangen. Livia nahm das Tier auf und betrachtete es. Von Livias Hand gewärmt begann das wunderliche Wesen, sich langsam zu bewegen. Goldgelb leuchteten seine großen Flecken. Die schwarze Haut glänzte im Mondlicht. Es öffnete die Augen, blickte Livia an und sprach zu ihr:

»Ich wusste, ihr würdet hier erscheinen.
Sollst nicht mehr über Geschehenes weinen.
Die Gräfin, sie ist noch in diesem Wald,
ihr Schicksal soll sich erfüllen bald.

Ich muss euch raten, verlasset die Pfade!
Verschlungene Wege sind besser als gerade!
Die guten Gestirne werden euch weisen,
in welche Richtung es gut ist zu reisen.

Die Nacht ist voller Ungeheuer,
doch fürchtet euch nicht vor höllischem Feuer.
Noch vor eurem Ziel lauern Fallen und Schrecken.
Seid achtsam, dann werdet ihr rasch sie entdecken.

Seht ihr den großen Strom vor euch liegen,
müsst ihr euch trennen, um letztlich zu siegen.
Dein Pferd und du sollt allein reiten
und vogelgleich über das Wasser gleiten.

Seid ihr allen Gefahren entronnen,
vereint ihr euch wieder, die Schlacht ist gewonnen.
Nicht zögert, verliert keinen Augenblick,
und setz mich sogleich auf die Erde zurück!«

Wie er sie gebeten hatte, setzte Livia den Feuersalamander nieder und in Sekundenschnelle verschwand der im Unterholz.

Dem Rat des Reptils folgend, verließ die Gruppe den Pfad und strebte den großen Moosfeldern im Nordosten zu. Es dauerte nicht lange, bis sie spürten, dass der weiche Boden vom Schlag unzähliger Hufe vibrierte. Es waren königliche Soldaten. In einiger Entfernung funkelten ihre Rüstungen im Mondlicht.

»Wie gut, dass wir den Rat des Salamanders befolgt haben«, flüsterte Livia erleichtert. »Auf dem Pfad hätten uns die Späher sofort gefasst. Wie mir scheint, haben wir wichtige Verbündete, wir sind nicht auf uns allein gestellt.«

Auf dem sumpfigen Untergrund versanken die Räder des Karrens tief, aber mit vereinten Kräften bewegten Alma und Roderich ihn mühsam voran. Der nächtliche Himmel diente den Freunden als Wegweiser. Immer wieder spähte Roderich nach oben, um zwischen den Bäumen den Nordstern auszumachen. Bewusst umgingen sie den direkten Weg. Ihre Wanderung führte über Hügel und weite Felder. Die Umwege kosteten viel Zeit, doch nur so konnten sie sich halbwegs sicher fühlen.

Wind kam auf. Wolken schoben sich vor die Sterne, der Mond versteckte sein Gesicht. Plötzlich zuckten gewaltige Blitze durch die Nacht, ohrenbetäubender Donner erschütterte die Stille. Wie aus Eimern gegossen, prasselte auf einmal Regen auf die Freunde nieder. So schnell es ging, zog Livia die Elfendecken heraus und legte eine schützend über Flavio, Zita und sich selbst. Alma und Roderich bekamen die zweite. Das Wasser perlte an dem zauberhaften Gewebe ab wie an einem Seerosenblatt. So blieben alle trocken und warm. Die Donnerschläge nahmen kein Ende. Es war, als kämen sie aus großen Kanonenrohren. Der Regen hörte schließlich auf, doch die Nacht konnte keine Ruhe finden.

Die Freunde waren auf einem Hügel angekommen. Im Norden schien der Horizont in Flammen zu stehen. Das flackernde Licht ließ große Feuer vermuten. Erschreckt kauerten sich die Freunde dichter zusammen.

»Der Feuersalamander hat uns das Feuer angekündigt«, erzählte Livia den anderen. »Er sagte, wir bräuchten uns nicht davor zu fürchten.«

In diesem Augenblick kam etwas auf sie zu geflattert. Es war Kuno. Er landete auf Livias Schulter. Alle freuten sich sehr, den Sperling zu sehen, und überschütteten ihn mit Fragen. Lange zwitscherte er darauf Livia ins Ohr, deren Gesichtsausdruck nicht Gutes vermuten ließ.

»Das ist ja fürchterlich«, seufzte sie schließlich, als der Vogel seinen Bericht abgeschlossen hatte. »Die Nordvölker sind überraschend in den Süden Samarnas vorgedrungen. Niemand war darauf vorbereitet. Sie haben die Hauptstadt eingenommen. Große Teile der Bevölkerung sind auf der Flucht vor dem Feuer. Die Nordvölker überrollen das Land und hinterlassen Not und Elend. Was über Generationen in Samarna aufgebaut wurde, liegt in Schutt und Asche. Die Armee Samarnas wurde von den nördlichen Horden überrannt. Samarna brennt lichterloh. Viele Stunden Flug durch Aschewolken und stiebende Funken hat Kuno hinter sich, fast hätte er die Orientierung verloren. Einmal wäre er fast in der heißen Luft erstickt. Die Feuer in den Dörfern und Städten haben heiße Stürme entfacht. Die Flammen lodern bis zum Himmel, ihre Hitze reicht in die Wolken. Die Hauptstadt und der Palast stehen in Flammen. Unsere Entscheidung, in Richtung Süden zu fliehen, war richtig. Das Feuer ist nicht mehr einzudämmen und frisst sich weiter voran. Wir müssen uns sputen, es bleibt nicht viel Zeit. Morgen sollten wir die Grenze erreichen. Im Notfall müssen wir bis in den Tag hinein weiterlaufen.«

Der Feuersturm zeigte sich als höllisches Inferno am Horizont. Gelb, rot und orange glühte der Himmel. Der Feuersalamander hatte es vorausgesagt, doch was sie nun sahen, überstieg ihre Vorstellungskraft. Der heimtückische Plan der Gräfin, Samarna durch die Nordvölker zu vernichten, war aufgegangen.

Die Freunde strebten eilig voran. Nun flohen sie nicht mehr nur vor den Häschern, sondern auch vor Tod und Zerstörung. Ihr Weg führte sie immer weiter nach Südosten. Der Wind trieb dunkle Aschewolken vor sich her, die die Sonne verfinsterten. So konnten sie in den Tag hinein weiterziehen. Der Geruch verbrannter Wälder erschwerte das Atmen. Zita und Alma fiel es schwer schrittzuhalten. Die Freunde setzten sie auf den Karren und deckten sie mit den Elfendecken zu. Flavio zog sie hinter sich her.

Regen fiel vom Himmel, er war vermischt mit Asche. Die Wiesen und Felder wurden grau. Die Landschaft verlor ihre Farben. Blass und krank lagen die fruchtbaren Ebenen vor ihnen. Ähren und Blumen legten sich unter dem Gewicht der Asche ermattet nieder. Der Anblick war trostlos.

Eine baumlose, weite Senke lag vor ihnen. Der Weg führte bergab, die Gruppe kam leichter und schneller voran. Bald würden sie den Fluss erreichen, sie näherten sich der Grenze. Die Luft wurde besser. Zita und Alma hatten sich erholt und stiegen vom Wagen. Roderich zog den Karren.

Dem Rat des Feuersalamanders folgend, trennten sich die Freunde. Livia und Flavio entfernten sich von den anderen, ohne sie aus den Augen zu verlieren. Sie hatten vereinbart, sich ein Stück flussabwärts auf der anderen Seite des Flusses wiederzutreffen. Hier gab es weit und breit keine Brücken, jede Gruppe musste sich selbst ihren Weg über das Wasser suchen.

Plötzlich sah Roderich aus dem Augenwinkel einen dunklen Reiter heranpreschen. Wie ein Schatten kam er aus dem Nichts und folgte Livia und Flavio in gestrecktem Galopp. Entsetzt musste Roderich beobachten, wie der Jäger langsam aufholte. Mit dem Mut der Verzweiflung schrie der Zwerg: »Livia, gib Acht! Hinter dir!«

Livia drehte sich um und erblickte den schwarzen Reiter. Der gab seinem Pferd die Sporen. Flavio zögerte keinen Augenblick. Wie von Sporen getrieben erhöhte er seine Geschwindigkeit. Livia schmiegte sich flach an seinen Hals. Sie verschmolzen zu einer einzigen Gestalt. In Flavios wehender Mähne war Livia geborgen und nicht mehr zu sehen.

Die Geschwindigkeit des schwarzen Reiters war unbegreiflich. Kein normales Pferd konnte mit Flavio Schritt halten. Es mussten böse Mächte im Spiel sein. Livia konnte das heftige, bedrohliche Schnauben des Tieres hören. Gewaltig dampfte sein Atem, Flammen züngelten aus seinem Maul. Livia bekam Angst. Sie fühlte die Hitze des Verfolgers in ihrem Rücken. Das Poltern der Hufe dröhnte ihr in den Ohren.

Flavios Schritte waren gewaltig, er konnte über eine große Strecke den Vorsprung einer Länge halten. Der Grenzfluss kam immer näher, die Jagd führte auf direktem Weg zum Ufer. Livia schloss die Augen und vertraute auf Flavio.

Längst hatten Roderich, Alma und Zita die Reiter aus den besorgten Blicken verloren. Nur Kuno konnte aus der Luft beobachten, was geschah. Die Spannung war kaum zu ertragen. Würde der Teufelsreiter sie fassen oder der gewaltige Strom sie fortreißen? Es gab keinen Ausweg. Das Poltern der Hufe war ohrenbetäubend.

Flavio raste in gewaltigem Tempo dem Wasser entgegen. Am Ufer drückten sich seine Hinterbeine mit unvergleichlicher Kraft vom Boden ab und er gewann an Höhe. Die Luft strömte unter seinen leichten Körper. In einem gewaltigen Sprung setzte Flavio gestreckt wie ein Pfeil über das Wasser, die Luft trug ihn. Sie erreichten das andere Ufer, ohne mit dem Wasser in Berührung gekommen zu sein. Nur wer diesen Flug mit eigenen Augen gesehen hatte, konnte glauben, was geschehen war. Kuno war Zeuge, wie der geheimnisvolle schwarze Reiter in die Fluten stürzte, von der Wucht des Wassers mitgerissen wurde und ertrank.

Kuno flog zurück zu Roderich, Alma und Zita. Sie hatten das Flussufer noch nicht erreicht. Nur durch seine Flugkünste konnte Kuno Roderich und Alma begreiflich machen, was geschehen war. Er wirbelte durch die Luft und schlug vor Freude einen Salto nach dem anderen, bis ihm ganz schwindelig war. Schnell begriffen die anderen: Die Verfolgungsjagd war für Livia und Flavio gut ausgegangen. Kuno flog ihnen voraus zum Fluss, um ihnen eine günstige Stelle für die Überquerung zu zeigen.

Im hohen Schilf fanden sie am Ufer einen Holznachen. Mühsam pferchten sich die drei mitsamt ihrem Karren hinein. Unter dem Gewicht sank das kleine Boot mit dem Rand fast auf die Höhe des Wasserspiegels ab, sodass sie ganz still sitzen mussten, damit das Wasser nicht in den Kahn schwappte. Mit einem Brett drückten sie sich vom Ufer ab, es diente auch als Ruder. Es war beschwerlich die Richtung zu halten. In der Mitte des Flusses erfasste sie die Strömung. Das Boot trieb eine längere Strecke ungelenkt dahin, der Fluss spielte mit ihm. Dann geriet es in einen Strudel und drehte sich heftig um die eigene Achse. Endlich wurden sie in seichteres Gewässer geführt und erreichten nach tüchtigem Paddeln das andere Ufer.

Kuno wusste, wo Livia und Flavio auf ihre Freunde warteten. Wieder flog er voraus. Wenige Stunden später waren alle wieder vereint. Die Freude war groß, alle atmeten auf, die Spannung löste sich. Samarna lag hinter ihnen, sie hatten ihr Ziel erreicht.

Alma saß auf der Ladefläche des Karrens und ließ die Beine baumeln. Roderich hatte ermüdet den Kopf auf Zitas weichen Rücken gelegt und die Arme um ihren Hals geschlungen.

Kuno saß auf Livias Schulter und spielte mit ihrem aufgelösten Haar, als wolle er sich ein Nest daraus bauen. Flavio genoss frische Kräuter, die am Fluss wuchsen, während Livia sich zu ihm hinunterbeugte und ihm liebevoll seine Nüstern streichelte. Die Freunde waren zufrieden. Die Sonne stand tief und tauchte die Natur in weiches Gold.

»Und wie geht es jetzt weiter?«, fragte Alma versonnen. »An wen wollen wir uns in dieser unbekannten Gegend wenden?«

»Wir kennen das Ziel noch nicht, meine liebe Alma«, erwiderte sanft Livia. »Genieße den Augenblick, er ist das Einzige, was uns sicher ist. Später werden wir einen Weg aus der Vergangenheit in die Gegenwart suchen.«

Doch das ist eine andere lange Geschichte.

Friedrich Hechelmann

wurde 1948 in Isny im Allgäu geboren. Er studierte an der Akademie der bildenden Künste in Wien und zählt seither zu den bedeutendsten Malern des Realismus. Friedrich Hechelmann ist international als Buchillustrator erfolgreich.

Friedrich Hechelmann wird vertreten von
AVA International GmbH Autoren- und Verlagsagentur
www.ava-international.de

Literaturnachweis: S. 130 Auszug aus Johann Gabriel Seidls *Der Wanderer an den Mond*

Deutsche Originalausgabe
Erste Auflage 2018

Redaktion und Lektorat: Elvira Maiwald
Satz und Layout: satz & repro Grieb, München
Herstellung: Arnold & Domnick, Leipzig
Reproduktion: Rohwein MediaServices, Isny
Druck: PNB

Printed in Latvia

ISBN 978-3-95728-076-3

www.knesebeck-verlag.de

FSC
www.fsc.org
MIX
Papier aus verantwortungsvollen Quellen
FSC® C084698